D1329913

Contemporánea

Martín Kohan nació en Buenos Aires en enero de 1967. Ha publicado cinco novelas: *La pérdida de Laura* (1993), *El informe* (Sudamericana, 1997) y *Los cautivos* (Sudamericana, 2000), *Dos veces junio* (Sudamericana, 2002), que ahora reeditamos, y *Segundos afuera* (Sudamericana, 2005); dos libros de cuentos: *Muero contento* (1994) y *Una pena extraordinaria* (1998); y dos ensayos: *Imágenes de vida, relatos de muerte. Eva Perón: cuerpo y política*, en colaboración con Paola Cortés Rocca (1998), y *Zona urbana. Ensayo de lectura sobre Walter Benjamin* (2004).

Enseña Teoría Literaria en la Universidad de Buenos Aires y publica artículos sobre literatura en diversos medios académicos y periodísticos. Varios de sus relatos han sido incluidos en antologías de literatura argentina.

Martín Kohan

Dos veces junio

DEBOLS!LLO

Kohan, Martín
   Dos veces junio. - 8ª ed. - Buenos Aires : Debolsillo, 2014.
   192 p. : 19x13 cm. (Contemporánea)

   ISBN 987-566-095-7

   1. Narrativa Argentina. I. Título
   CDD A863

Primera edición: junio de 2002
Octava edición y octava bajo este sello: julio de 2014

Todos los derechos reservados.
Esta publicación no puede ser reproducida, ni en todo ni
en parte, ni registrada en, o transmitida por, un sistema de
recuperación de información, en ninguna forma ni por ningún
medio, sea mecánico, fotoquímico, electrónico, magnético,
electroóptico, por fotocopia o cualquier otro, sin permiso
previo por escrito de la editorial.

Impreso en la Argentina.

Queda hecho el depósito
que previene la ley 11.723.
© 2002, Editorial Sudamericana S.A.®
© 2013, Random House Mondadori S.A.
Humberto I 555, Buenos Aires, Argentina
www.megustaleer.com.ar

ISBN 10: 987-566-095-7
ISBN 13: 978-987-566-095-3

Esta edición de 2.000 ejemplares se terminó de imprimir en
Arcángel Maggio - División Libros, Lafayette 1695, Buenos Aires,
en el mes de julio de 2014.

*"En junio murió Gardel,
en junio bombardearon la Plaza de Mayo.
Junio es un mes trágico
para los que vivimos en este país."*

LUIS GUSMÁN

Diez del seis

Diez del seis

Cuatrocientos noventa y siete

I

El cuaderno de notas estaba abierto, en medio de la mesa. Había una sola frase escrita en esas dos páginas que quedaban a la vista. Decía: "¿A partir de qué edad se puede empesar a torturar a un niño?".

II

Suponíamos con razón que, habiendo números de por medio, se trataba de una simple cuestión de azar. Claro que muchas veces la ciencia se vale también de cifras, y los números sirven a los cálculos más racionales. Aquí, sin embargo, se trataba de un sorteo, y en los números no se jugaba otra cosa que la suerte.

III

Descubrí que, al lado del cuaderno de notas, estaba la birome con la que esa nota había sido escrita.

Una birome rota en el extremo, evidentemente porque alguien descargaba sus nervios mordiendo el plástico ingrato. Tomé esa birome, tratando de no tocar la parte rota: tal vez estuviera húmeda todavía. Mi pulso por entonces ya era bueno. Era capaz de enhebrar un hilo hasta en las agujas más pequeñas. Por eso pude agregar el trazo faltante a la letra ese, y que no se notara que había habido una corrección posterior. Desde siempre parecía haber sido una zeta, tal la gracia de la colita que yo adosé en la parte de abajo de la letra. Ahora la ese era una zeta, como corresponde.

Pocas cosas me contrarían tanto como las faltas de ortografía.

IV

La radio dijo: "número de orden". "Seiscientos cuarenta."

Seiscientos cuarenta era yo.

La radio dijo: "sorteo". Y dijo: "cuatrocientos noventa y siete".

Nos miramos. Se hizo un silencio. La radio seguía, pero con otros números que ya no teníamos que escuchar. Habíamos estado ahí desde las siete menos diez de la mañana, cuando todavía era de noche.

Mi padre dijo: "Tierra".

Mi madre dijo: "A mí se me mezclan los números. Me parece que el tuyo es el que habían dicho antes. No sé bien cuál era. Me parece que era uno bajito".

Mi padre dijo que él se sentía muy orgulloso. Y era verdad: tenía en los ojos un brillo como de lágrimas que no iban a salir.

V

Dejé el cuaderno donde estaba, abierto en esas mismas páginas, en medio de la mesa. Al lado del cuaderno dejé la birome. No había en esa mesa nada más, excepto el teléfono. Y no había en esa habitación otra cosa que la mesa, la mesa con el teléfono, el cuaderno, la birome, y además de la mesa dos sillas, una de las cuales yo ocupaba, y por último un cesto de papeles que estaba vacío. Pero de repente, sin ningún motivo, me sentí observado. Sabía que en realidad nadie me observaba, que la puerta estaba cerrada y la única ventana que había daba absurdamente a un muro mugriento. Me sentí observado y era solamente una impresión que yo tenía. En la pared había un crucifijo, y a mí me parecía que Cristo me miraba. Debajo del crucifijo había un cuadro de San Martín envuelto en la bandera, y a mí me parecía que San Martín me miraba. Cristo tenía los ojos para arriba, seguramente era el momento en que le preguntaba al padre que por qué lo había abandonado. Y sin embargo, yo tenía la sensación de que me mira-

13

ba a mí. San Martín miraba para el costado, de reojo, torciendo la vista pero no la cara, como si algo inesperado lo hubiese distraído justo en el momento en que le sacaban la foto (aunque no se tratara de una foto). Miraba para el costado, pero yo tenía la sensación de que me miraba a mí.

También el teléfono de pronto me intimidó. Sé que su mérito consiste en trasladar los sonidos a distancia: los sonidos, y no las imágenes. Pero tenía el poder de acercar a alguien que estuviese ausente, que estuviese lejos, y en cierto modo hacerlo entrar en esa habitación perfectamente cerrada. Por eso, aunque se tratara de un teléfono, y aunque ese teléfono estuviese colgado y mudo, me daba la impresión, por el solo hecho de estar ese aparato ahí, de que alguien podía observarme. Me daba la impresión, y poco importa que la idea no tuviese sentido, de que alguien podía haberme visto corregir la frase del cuaderno, agregarle a la ese el trazo que le faltaba para convertirse en una zeta, que era como tenía que ser.

VI

Al día siguiente compramos el diario. Mi madre no había dejado de decir que el recitado de los números en la radio se había vuelto confuso y que no era seguro qué número venía después de cuál, ni qué número correspondía a qué número.

Por eso compramos el diario al día siguiente. Mi madre dijo: "Con el diario vamos a saber".

Apoyó una regla debajo del número seiscientos cuarenta. Seiscientos cuarenta era yo. Con el dedo siguió la línea que la llevaba a la columna del sorteo. Con el dedo, y después con la patilla de los anteojos (ella se sacaba los anteojos para ver de cerca), y después con un lápiz negro de punta bien afilada, siguió la línea que la llevaba de una columna a la otra. Y todas las veces encontró el número cuatrocientos noventa y siete.

Entonces mi padre dijo: "Tierra". Y entonces mi madre dijo: "¡Mi soldadito!", llorando de emoción.

VII

Tal vez yo había obrado mal, y por eso me sentía observado. Era la impresión que me daba el sentimiento de culpa. Cuando uno obra mal se siente mirado, no importa cuán solo se encuentre. Y yo acaso había obrado mal. La nota del cuaderno podía haberla escrito Torres, el sargento, o en todo caso Leiva, el cabo, que era lo que en verdad yo presentía, porque lo veía menos instruido y con menos luces. De cualquier modo, yo no tenía ningún derecho a corregir a un superior, fuese quien fuese, ni tampoco a otro soldado, porque yo no valía más que ese otro soldado, incluso cuando la razón estuviese de mi parte. Yo podía saber bien las reglas ortográficas, y el que había escrito la nota podía ignorarlas. De hecho, en una frase tan breve, en una frase tan simple, había cometido un error de consideración. Pero eso no me daba derecho a corregirlo, ni tenía por eso que sentirme superior, porque yo en ese lugar no era un superior, era un subordinado.

VIII

Recuerdo que mi padre dijo: "Los milicos son gente de reglas claras". La primera de esas reglas establecía: "El superior siempre tiene razón, y más aún cuando no la tiene". Recuerdo que me dijo que entendiera bien eso, porque si entendía eso, entendía todo.

IX

A poco de hacerse de noche, empezaron los dolores. Una mujer sabe siempre lo que pasa con su cuerpo. Ella nunca había pasado por esto, era la primera vez; pero no bien empezaron los primeros dolores, los más leves, entendió que iba a llegar. Supo que iba a llegar esa misma noche, si es que de veras era de noche y ella no se equivocaba en sus cálculos.

16

X

En el servicio militar, decía siempre mi padre, las reglas eran bien simples: "A todo lo que se mueve, se lo saluda; y a todo lo que está quieto, se lo pinta". Sabiendo eso, se sabía todo, y no había por qué meterse en problemas.

XI

Pensé en borrar el trazo que había agregado a la frase escrita en el cuaderno, para que las cosas quedaran como estaban antes. Una ese o una zeta, al fin de cuentas, no cambiaba el sentido de la frase. Pero la idea era absurda: por empezar, no tenía a mano una goma de borrar. Y además, era imposible borrar una letra, o media letra, sin dejar marcas en la hoja del cuaderno. Se trataba de una hoja de muy mala calidad, así que lo más probable era que, en el intento de borrar, se rompiera. Eso sí habría sido grave, porque la frase tenía que leerse con toda claridad, sin manchas ni rasgaduras, sin ningún borroneo.

XII

Mi padre era un hombre muy dado a contar anécdotas. Muchas de esas anécdotas, como suele ocurrir, provenían de sus ya lejanos quince meses de

17

servicio militar, y apenas se supo con certeza que el número que me había tocado en suerte era el cuatrocientos noventa y siete, todas ellas volvieron a ser contadas, una por una, como por primera vez.

Había una que refería una formación matinal en el patio del cuartel. Unos treinta soldados en ropa de fajina y en posición de firmes. Y un teniente coronel, cuyo nombre mi padre se esforzó inútilmente por traer a su memoria, pasando revista. En un momento determinado, el teniente coronel pregunta a toda voz: "¡Soldados! ¿Quién de ustedes sabe escribir bien a máquina?". Y agrega: "El que sabe escribir bien a máquina, que dé un paso al frente". Por un instante, nadie dice nada. Hay que ver qué significa exactamente escribir "bien" para el teniente coronel. Por fin, casi en el extremo de la fila, un pelirrojo pecoso que no mide más que un metro y medio da un paso adelante y exclama: "¡Yo, mi teniente coronel!". El teniente coronel se le acerca y a los gritos lo interroga: "¿Usted, soldado, sabe escribir bien a máquina?". El soldado exclama: "¡Sí, mi teniente coronel!". "Bueno", le dice el teniente coronel, "agarre ese balde y ese cepillo que ve allá, y en una hora me limpia bien las letrinas del regimiento".

Mi padre sacaba una moraleja de esta historia: en el servicio militar, conviene no saber nunca nada. Me aconsejó que aprendiera esa lección elemental. "No hay que actuar como los judíos", me dijo, "que siempre quieren hacer ver que saben todo".

XIII

Sin tener ninguna seguridad de que alguien fuera a escucharla, avisó: "Ya viene". Lo dijo en voz alta, por si acaso no estaba totalmente sola; pero también lo dijo como para sí misma, en ese punto remoto de la conciencia y del olvido en el que la voz alta y la voz baja ya no se distinguen bien, ni se distinguen bien tampoco lo que se dice hacia afuera y lo que se dice para adentro.

De todas formas, la noche estaba tan callada a esa hora, que en algún punto indefinible de las puertas y los pasillos, alguien la escuchó. De lejos se oyó una voz que le respondía: "Avisá cuando te duela cada cinco minutos".

El que le dijo eso debía saber que ella no tenía un reloj, y que de haber tenido un reloj, no tenía forma de mirarlo. Pero cinco minutos equivalían a trescientos segundos, y ella había aprendido a medir el paso de los segundos sin apuro y sin retardo. Era más fácil medir el paso de los segundos que el paso de las horas, y era más fácil medir el paso de las horas que el paso de los días.

Se puso a calcular los minutos de cada intervalo. Sólo los flujos del dolor le hacían perder la cuenta. Pese a todo, supo cuándo llegaba el momento. Y entonces volvió a avisar: "Ya viene".

XIV

Lo mejor, me dije, era dejar las cosas como estaban. Fuera quien fuese el que había escrito esa nota en el cuaderno, ni siquiera se daría cuenta de que había sido corregido. No tendría ni tanta memoria ni tanta capacidad de observación para darse cuenta, porque esas carencias eran justamente las que lo habían llevado a cometer el error. Y si, por una de esas cosas, llegaba a notar lo ocurrido, lo más probable es que no dijera nada al respecto. Ni siquiera a un hombre como el cabo Leiva le gustaba pasar por bruto, aunque lo fuera.

XV

Mi padre me contó que había un militar que tenía este lema: "Al pedo, pero temprano". Me dijo que esa consigna ilustraba bastante bien el modo de razonar de los militares. Después insistió mucho en que no fuera a mencionar esta anécdota a nadie en la conscripción, ni siquiera a los compañeros. "Vos calladito", me dijo, y me guiñó un ojo.

XVI

En ese cuaderno de notas sólo se registraban los mensajes importantes. Por eso estaba siempre al lado del teléfono, y en la mesa no había ninguna otra cosa. Estaba terminantemente prohibido hacer cualquier anotación que no estuviera referida a las consultas o los avisos enviados desde las otras unidades. Algunos días pasaban sin que se recogiera ningún mensaje. El único que se había recibido aquel día era ese que mencionaba el asunto médico.

XVII

No tenía que creer en lo que oía: no era cierto que una mujer pariendo fuese igual que una perra pariendo, ni era cierto que su chiquito le hubiese nacido muerto, porque ella lo estaba oyendo llorar.

XVIII

Unas cuantas comunicaciones eran anodinas, puramente operativas. Otras, sin dejar de ser operativas, solicitaban mayor reserva. La que aquel día se encontraba en el cuaderno de notas exigía, evidentemente, una considerable discreción.

Yo le debía a la generosa confianza que me obsequiaba el doctor Mesiano la posibilidad de acceder a este tipo de consultas técnicas, partes de la realidad en las que un saber abstracto encontraba su aplicación y su utilidad en lo concreto.

XIX

Le arrimaron un balde y un trapo, y le ordenaron que limpiara lo que había hecho. Entre risas la vieron fregar los líquidos de su cuerpo. "La placenta metela nomás en el balde", le dijo uno, seguramente el que jugaba con la tijera que antes había servido para cortar el cordón.

XX

Mi padre me dijo que los militares tenían, a su manera, algún sentido del humor. Una broma muy frecuente en el servicio militar consistía en lo siguiente: se formaba a la tropa y se la arengaba acerca de los males que traía la masturbación en exceso. Luego venía la advertencia: "Al que se hace mucho la paja, le salen pelos en la palma de la mano".

Nunca faltaba quien, en ese momento, no podía resistir la tentación de verificar el estado de la palma de su mano. A ése le tocaban todas las pullas y las carcajadas, a veces por el resto del año.

Mi padre me encomió no incurrir en ese instante en el atisbo de mis palmas, mantener la vista al frente y las manos pegadas al cuerpo en posición de firme; así podría yo también, en lo sucesivo, participar de la diversión.

XXI

El hedor del trapo extendido no dejaba de mortificarla, pero puesto encima del balde al menos tapaba los olores del cuerpo. Era un poco como aquellos que, en las noches sobre todo, se ponían a gritar, para no tener que escuchar más gritos.

XXII

Pasada la instrucción, lo mejor era que me destinaran a una oficina, o que me pusieran como chofer de algún oficial. Era lo más cómodo y lo más tranquilo. Existía, incluso, una tradición, según la cual el chofer de un oficial terminaba acostándose con su mujer y hasta con alguna de sus hijas. Mi padre dijo que esta regla contaba con pocas excepciones.

XXIII

Dejé el cuaderno de notas bien abierto y en un lugar bien visible, delante del teléfono y un poco inclinado, porque entendí que el mensaje de aquel día tenía bastante importancia.

XXIV

Pensó un nombre por si había nacido varón, y otro nombre por si había nacido mujer, sin saber si esos nombres quedarían o serían despojados.

Fue varón, y se llamó Guillermo.

Ciento veintiocho

I

En eso se abrió la puerta y entró el sargento Torres. Sin dar las buenas tardes, me preguntó si había alguna novedad. Le dije: "Sí, mi sargento", y le señalé el cuaderno abierto en medio de la mesa. Mientras se sacaba el abrigo y lo colgaba del respaldo de la silla, el sargento Torres me preguntó de qué se trataba la comunicación. Le respondí que no sabía, porque no era yo quien la había recibido. Entonces él se acercó y, todavía de pie, apoyando las dos manos a los costados del cuaderno, leyó lo que estaba anotado. El sargento Torres era una de esas personas que no leen silenciosamente. Era una de esas personas que, cuando leen, incluso estando solas, murmuran lo que están leyendo, y esta vez permitió que yo lo oyera.

Luego se quedó pensativo. Dio la vuelta en torno a la mesa y se sentó enfrente de mí. Después de un rato me dijo: "¿Usted qué piensa, soldado?". "Qué pienso de qué, mi sargento", dije yo. "Para usted, soldado", dijo el sargento, "¿a partir de qué edad se puede comenzar a proceder con un niño?".

"Desconozco, mi sargento", dije yo. "Ya sé que desconoce, soldado, pero yo le pregunto qué piensa". Dejé pasar un instante y le propuse: "A partir del momento en que la Patria lo requiera".

Fue una respuesta acaso demasiado genérica; pero, a mi modo de ver, dejó conforme al sargento Torres.

II

El doctor Mesiano tenía un solo hijo: se llamaba Sergio, y tenía cuatro años menos que yo. En otras etapas de la vida, cuatro años no representan una diferencia tan importante. Pero sí la había entre nosotros: él apenas comenzaba su colegio secundario, y yo ya era un soldado argentino. Supongo que me admiraba. Creía que, en el caso de que hubiese una guerra, yo podía ser un héroe, y él no.

III

"Sin embargo", reflexionó el sargento Torres, "habría que empezar con chicos que ya sepan hablar. Antes de que sepan hablar, sería un esfuerzo inútil". Razonó que de un chico que todavía no habla no se puede obtener nada. Por mucho que se insista, no va a hablar, no va a hablar ni aunque quiera. "Porque todavía no sabe".

Dicho esto, el sargento consultó mi opinión. Le dije que estaba en un todo de acuerdo con sus palabras. Entonces me preguntó a qué edad empiezan a hablar los chicos. "Frases bien hechas", aclaró el sargento, "no ruidos con la boca".

Me vi obligado a admitir que desconocía esa información, aunque la misma formara parte de la vida de todos los días, eso a lo que se le llama "cultura general".

IV

A la señora del doctor Mesiano en ese tiempo nunca la vi. No quise indagar, de todas las cosas que se decían sobre ella, cuáles eran verdaderas y cuáles no. Versiones había muchas. Las más insistentes decían que la pobre sufría una enfermedad terminal y que no podía levantarse de la cama, donde se pudría silenciosamente. Otros decían que estaba postrada, pero sin agonizar; que no podía valerse por sí misma y para salir precisaba una silla de ruedas. Decían que ella —o su marido— no soportaba esa perspectiva y había preferido no salir nunca más. No faltaba quien dijera que a la señora del doctor Mesiano la aquejaban problemas mentales, y que por delicadeza le evitaban el trato con el mundo.

El doctor Mesiano nunca hablaba de estas cosas, y yo preferí no saber.

V

El doctor Padilla recomendó, ante todo para evitar un mal momento a los interesados, que nadie hiciera uso de la detenida, hasta tanto no pasaran unos treinta días desde el alumbramiento.

Aclaró que a sus palabras había que tomarlas como una recomendación general, pero que luego cada uno era dueño de su vida.

VI

"El problema de la infancia", postuló el sargento Torres, "es que se trata de una edad muy propensa a la fantasía". No pude menos que estar de acuerdo con esta observación. Los chicos juegan inventando mundos irreales, que pronto se les mezclan con el mundo real. "Por más que se los quiera obligar a decir la verdad, la pura verdad", siguió el sargento, "no se sabe nunca si lo que dicen no lo están inventando, lo inventan aunque no se lo propongan".

Tuve que admitir que también ignoraba cuál era la edad precisa en la que un niño deja de fabular involuntariamente.

VII

El doctor Padilla aclaró que el trato rectal con la detenida no debía traer consecuencias negativas,

28

siempre y cuando se prescindiera en lo posible de efectuar movimientos demasiado bruscos.

En esta clase de movimientos, sin embargo, radicaba el mayor interés de los muchos que la buscaban.

VIII

La única dificultad que tenía con el Ford Falcon es que traía la palanca en el volante. Yo estaba demasiado acostumbrado a la palanca al piso del Fiat 128 de mi padre. Por eso, en especial durante las primeras semanas, para hacer cada cambio llevaba sin querer la mano hacia abajo, tanteaba el vacío por unos segundos, y sólo entonces recordaba que en el Falcon los cambios había que hacerlos arriba. El doctor Mesiano se fastidiaba con esas vacilaciones mías, un poco porque el coche perdía firmeza en el andar, y un poco porque mis manotazos al aire volvían ridícula toda la situación. Con el tiempo me acostumbré, porque todo en la vida es cuestión de costumbre. Entonces pude apreciar que el Ford Falcon era un auto fuerte y duro, y que mi función de chofer del doctor Mesiano era un destino más que favorable para mis días de soldado.

IX

El doctor Padilla detectó un intenso silbido respiratorio y calculó la existencia de agua acumulada en los pulmones. Por tales motivos recomendó la suspensión temporaria de las técnicas interrogativas de inmersión, siempre y cuando existiera la necesidad de preservar la vida de la detenida.

X

El sargento Torres me explicó que el hecho, bastante obvio por otra parte, de que un niño contara con una capacidad de resistencia sensiblemente inferior a la de un adulto, en nada afectaba la calidad del procedimiento. Esta ciencia consistía en llevar a cada persona hasta el límite de su capacidad de resistencia, fuera cual fuese esa capacidad de resistencia. El trabajo podía resultar incluso más sencillo cuando se trataba de niños, porque los tiempos eran más cortos y los resultados se obtenían más rápidamente.

XI

El doctor Padilla verificó el aumento de la arritmia, incluso en estado de reposo, y consideró que llegado ese punto existía un severo compromiso cardiovascular. En función de este diagnóstico, desaconsejó el empleo de técnicas interrogativas con aplicación de corrientes eléctricas, al menos durante un par de semanas. Volvió a aclarar que hacía estas sugerencias para el caso de que hubiese algún interés en mantener viva a la detenida.

XII

Apenas pude enterarme de que, por el motivo que fuese, la señora del doctor Mesiano ya no salía de su habitación y no tenía contacto con nadie, y apenas conocí a Sergio, su único hijo, entendí que la regla general acerca de los choferes conscriptos y las esposas o las hijas de los oficiales tenía en mi caso una de sus pocas excepciones.

Tomé ese hecho con sumo agrado, porque muy prontamente le había cobrado afecto al doctor Mesiano, y verme envuelto en situaciones equívocas me habría provocado gran contrariedad.

XIII

Era una imagen en blanco y negro. Sólo si se prestaba atención al rostro se advertía que el de la foto era un chico que probablemente no pasaba de los diez años de edad. Y sólo si se prestaba atención a la boca se adivinaba el miedo. El resto de la imagen no correspondía a esa cara: el casco, las botas, el fusil que no pesaba, la prestancia erguida del soldado alemán.

Era una foto que el sargento Torres guardaba entre sus papeles. Me la alcanzó desde el otro lado de la mesa, por encima del teléfono callado y del cuaderno abierto, y me pidió que la observara con cuidado.

"¿Qué le sugiere?", me preguntó por fin. "Mi sargento", le dije, "entiendo que se trata de una foto tomada durante la Segunda Guerra Mundial". "Exactamente, soldado", aprobó el sargento Torres. "Y nos enseña que también los niños participan de las guerras."

XIV

El doctor Padilla sugirió que los golpes que se aplicaran a la detenida preferentemente no estuviesen dirigidos a la zona abdominal. La cercanía temporal del alumbramiento aumentaba en gran medida las probabilidades de que se produjeran hemorragias difíciles de controlar.

En caso de que fuera necesario interrogar a la brevedad a la detenida, el doctor Padilla se inclinaba por el empleo de métodos de presión psicológica.

XV

Muchas veces se daban situaciones enojosas. Había ocurrido, por ejemplo, que un teniente se enteraba de los encuentros de un soldado con su señora. Más temprano que tarde, ese soldado era trasladado a algún destino hostil; casi siempre una base muy al sur, donde hace mucho frío. Pero también había pasado ciertas veces que un soldado, por lealtad o por desgano, se había resistido a los avances de la esposa de algún oficial. A ese soldado también le llegaba muy pronto la orden de traslado a un cuartel perdido en medio de la nada.

Por suerte, mi situación era muy otra. Yo sentía un gran orgullo por la manera en que el doctor Mesiano confiaba en mí, y por cómo los demás ya sabían que lo que le decían a él también me lo podían decir a mí.

Ciento dieciocho

I

Le bastaron dos minutos a ese médico para palparla, como quien toca un objeto inerte, y para soltar con indolencia sus recomendaciones. Todo lo hizo sin pedir que la desataran y en cierto modo sin considerar que estaba ahí.

Mientras, ella se puso a contar los segundos que pasaban. No llegó a ciento veinte.

II

Tal como lo supuse, el cabo Leiva era quien había tomado nota de la comunicación que figuraba en el cuaderno. Hablábamos con el sargento Torres sobre historias de guerra, cuando el cabo regresó. Traía un sándwich de milanesa envuelto en papel y una botella de litro de Coca-Cola.

Hasta entonces el sargento Torres no había mostrado ningún signo de disgusto. Pero apenas vio aparecer al cabo Leiva lo increpó de mala manera.

"¿Qué es esto?", le dijo, sacudiendo el cuaderno de notas todavía abierto. "¿Qué es esto?" El cabo explicó que había ido a buscar alguna cosa para la cena, porque más tarde, con el partido, no iba a encontrar nada. "¿Y esto qué carajo es?", insistió el sargento Torres. El cabo lo escuchaba sin soltar el paquete ni la botella. Por un momento pensé que la botella se le iba a caer al piso y que a mí me iban a poner a juntar los pedazos de vidrio. "Una comunicación recibida en el día de la fecha, mi sargento", respondió sin firmeza el cabo Leiva. El sargento Torres pegó una trompada sobre la mesa y por poco no se cerró el cuaderno donde la comunicación se leía. Era conveniente, y nadie lo ignoraba, no hacer enojar al sargento Torres. Ahora rugía sus palabras. "¡Cabo Leiva!", bramó, "¡ésta no es manera de registrar una comunicación!". Lo mejor era no decir nada, y el cabo Leiva por fortuna lo tenía muy presente. Se quedó callado, el paquete grasiento en una mano, la botella en la otra, acatando los reproches del sargento. Dijo el sargento que las cosas había que hacerlas con la mayor responsabilidad, que en los días que corrían los errores se pagaban muy caro; dijo que el enemigo estaba esperando cualquier distracción nuestra para golpear, y que en tiempos de guerra era imprescindible afrontar cada hecho con absoluta seriedad.

"Sí, mi sargento; sí, mi sargento", repetía el cabo Leiva. Yo pensé con alivio, y acaso con egoísmo, que el detalle de la corrección de la falta de ortografía ya no iba a ser detectado.

III

Se obligó a no creer que en ese lugar podía haber alguien que cuidara de ella: ni el médico que pasó a verla porque sangraba de más, ni ninguno de los otros. Tampoco ese de voz más suave que aparecía en las mañanas, que a veces hasta le acariciaba la cabeza, ese que le hablaba de su chiquito y de la lista de nombres, ese que le decía que en la vida todo es dar y recibir. Tampoco ése, ése menos que ninguno.

IV

El sargento silabeó: "A-par-tir-de-qué-dad-se-pue-dem-pe-zar-a-tor-tu-rar-aun-ni-ño".

Después aplastó el cuaderno con un manotazo.

"¿Qué es esto?", exclamó. "¿Una adivinanza?"

"No, mi sargento", decía el cabo.

"¿Una prueba de ingenio?"

"No, mi sargento."

"¿Una pregunta filosófica?"

"No, mi sargento."

"¿O acaso está preparando el examen de ingreso para la Facultad de Medicina?"

"No, mi sargento."

Recién entonces el sargento se aplacó. Le dijo al cabo Leiva que en lo sucesivo nunca dejara de registrar las comunicaciones en la forma debida: aclarando quién tomaba la comunicación, quién la dirigía y a quién la dirigía; y en el caso de que el mensaje tuviese cierta urgencia, como parecía suceder con este mensaje, era su obligación destacarlo con el simple trámite de escribir debajo la palabra "urgente", preferentemente en letra de imprenta, y en lo posible subrayándola dos o tres veces, hasta cuatro de ser necesario.

V

El de la voz suave venía cada tanto a decirle, como si fuese una lección o como si fuese un consejo, que en la vida todo es cuestión de intercambio: que el que da algo, recibe algo, y el que no da nada, lo pierde todo.

VI

La vida rutinaria exige al principio algún esfuerzo, pero al fin de cuentas, cuando se consigue la costumbre, resulta ventajosa. Yo supe adaptarme prontamente, en mis funciones de chofer, al rigor de los horarios y a la disciplina. Entendí, y ése fue mi mérito, que si las cosas funcionaban era porque se las hacía siguiendo un método. El doctor Mesiano cierta vez me había dicho: dos fuerzas chocaron en la formación de la Argentina: una caótica, irregular, desordenada, la de las montoneras; otra sistemática, regular, planificada, la del ejército. El doctor Mesiano siempre me aconsejaba profundizar en mis conocimientos de la historia argentina, y sacar mis propias conclusiones.

VII

Sin dejar de admitir que había cometido un error, y sin dejar de comprometerse a no repetirlo, el cabo Leiva ensayó una explicación. Dijo que en realidad él no había querido transmitir el mensaje a un tercero, ya que en ese caso habría sabido ser más explícito. No se le escapaba que aquel que encontrara la nota, tal como él la había dejado, probablemente se quedaría sin entender del todo de qué se trataba el asunto en concreto. Pero ocurría que él no se había ausentado de su puesto más que por un rato. Había ido hasta la cantina para asegurarse algo de comer y algo de beber para la noche. Es cierto que las conjeturas sobre el próximo partido lo demoraron en conversaciones que no había previsto. Pero nunca había sido otra su intención que la del pronto regreso. Por eso, la anotación registrada en el cuaderno, más que una comunicación dirigida a alguna otra persona, era una especie de ayuda memoria que él había escrito para sí mismo, con el apresuramiento del caso. Quería estar seguro de poder transmitir la consulta recibida en los términos exactos en que la había recogido él. Para eso se valió del cuaderno de notas. El resto de la información, sin duda necesaria para la resolución práctica del problema, la retenía en su memoria sin precisar ninguna anotación. Pensó que la nota sería leída estando él presente. Pensó que no podía haber ningún malentendido.

"Hay que pensar menos, cabo", determinó el sargento Torres.

"Sí, mi sargento", admitió el cabo Leiva.

VIII

Lo primero, a la mañana, era poner el coche en condiciones. Con un trapo rejilla había que secar las gotas del rocío de la noche y después pasar una franela que le sacara brillo a la chapa azul. En las madrugadas de junio, como era el caso, el auto amanecía cubierto de escarcha. Lo mejor era echar agua bien caliente para deshacer el hielo; después pasar el trapo, y después pasar la franela. No importaba lo reluciente que pudiese estar el coche. Había que cumplir con esta rutina. Solamente los días de lluvia justificaban su suspensión.

El aseo interior era tanto más importante. Con frecuencia nos tocaba caminar sobre la tierra reseca, por lo que convenía quitar cada mañana las alfombrillas de goma y pegarles un par de sacudidas para desprenderles el polvo. Debajo de mi asiento guardábamos siempre un frasco de desodorante Crandall en aerosol: mi deber era echar en el auto una buena cantidad cada mañana.

No obstante esos cuidados cotidianos, el coche era llevado al lavadero una vez por semana, todos los lunes. Un día apareció una mancha en el tapizado del asiento de atrás, y hubo que hacer un lavado urgente esa misma noche. Terminé cerca de las diez, pero a cambio la mañana del lunes me quedó libre.

IX

El sargento se interesó por el contenido de las discusiones de la cantina. Preguntó al cabo si acaso alguien andaba queriendo poner en duda que la victoria sería, una vez más, de los argentinos. El cabo pronto le aclaró que no, que acerca de la victoria argentina nadie mostraba ninguna vacilación; pero que respecto de las maneras de obtener esa victoria existían distintos pareceres. El sargento quiso saber si aún persistían las sempiternas lamentaciones por las ausencias de Jota Jota López o de Vicente Pernía. El cabo respondió que aquellas rencillas se habían superado ya completamente, y que tanto Jorge Olguín como Osvaldo Ardiles concitaban una adhesión unánime de todos los argentinos bien nacidos.

X

A las seis y media en punto yo tenía que pasar a buscar al doctor Mesiano por la puerta de su casa. Para eso me levantaba a las cinco (en junio, las cinco significa la noche más plena). Media hora precisaba para mi propio aseo, media hora para el aseo del auto, y otra media hora para hacer el trayecto entre mi casa y la casa del doctor Mesiano. Él me esperaba ya listo en el umbral, fumando su tabaco negro. Me saludaba levantando una mano cuando me veía llegar. Yo le respondía desde el coche con un parpadeo de las luces altas. Con ese intercambio de señas nos bastaba y era todo nuestro saludo. Por eso, cuando el doctor subía al auto, ya ni los buenos días nos dábamos, y pasábamos directamente a conversar sobre los asuntos del día.

XI

Después el sargento volvió a señalar el cuaderno de notas y le pidió al cabo Leiva que se explicara. El cabo dijo que el llamado telefónico se había verificado entre las cuatro y media y las cinco de la tarde. Procedía de Malvinas, del Centro Malvinas, o sea de Quilmes. Quien llamaba era el doctor Padilla. Él personalmente. "Necesito hacer una consulta técnica", dijo. El cabo Leiva le pidió que lo aguardase un momentito. Tomó la birome y abrió el cuaderno en una

41

hoja sin usar. Quería anotar para no ser involuntariamente infiel a los términos de la consulta. El doctor Padilla dictó y el cabo Leiva escribió. "Les pido que me den una respuesta lo antes posible", agregó el doctor Padilla, "porque el tiempo apremia".

Es decir que, dejando el mensaje para que un tercero lo viese, el cabo Leiva habría agregado la palabra "urgente" y la habría subrayado por lo menos una vez. El doctor Padilla había dicho que no daba un centavo por la vida de la madre, y que los de la lista de espera empezarían a meter presión no bien supieran que el nene había nacido sanito y que, por lo que podía verse, iba a tener los ojitos claros.

XII

Había días muy tranquilos, sin gran cosa que hacer. Yo los pasaba en la oficina, con el sargento Torres o con el cabo Leiva, o conversando con el doctor Mesiano en la cantina.

Otros días, en cambio, eran bastante movidos y yo casi no me bajaba del auto. Eran días en los que el doctor Mesiano tenía que recorrer diferentes unidades. Entonces íbamos a Quilmes, íbamos a Lanús, íbamos a Banfield, íbamos a La Plata. Todo el día de acá para allá, donde fuese que lo precisaran al doctor Mesiano. A veces terminábamos tardísimo.

Para el caso era lo mismo: a las seis y media en punto de la mañana, yo lo pasaba a buscar al doctor

Mesiano por la puerta de su casa. Que el día fuese liviano o intenso no importaba. Tampoco importaba a qué hora habíamos terminado el trabajo la noche anterior. Lo importante era llevar un ritmo metódico, porque en la vida, según decía el doctor Mesiano, todo es cuestión de método.

XIII

No era el que le acariciaba la cabeza. Era uno que le clavó el taco de las botas en los pies descalzos. Después se inclinó hacia ella para hablarle en voz baja. No precisó verlo para saber que se acercaba. Le oyó decir: "Esto no es un jardín de infantes". Le oyó decir también: "Acá los pendejos no duran". Después se calló, para ver si ella hablaba.

Cuando se fue, golpeando los tacos, ella quiso mover los dedos de los pies, pero no pudo.

XIV

El sargento Torres había razonado mal. Sus reflexiones sobre la infancia, lo que los chicos dicen y no dicen, estaban equivocadas. Yo lo sabía, y él sabía que yo lo sabía. Pero puse gran esmero en hacer que las cosas siguieran su curso sin que nada nos recordase toda aquella filosofía ensayada por error. Esta clase de prudencia, aunque pueda parecer un detalle menor, era decisiva para que no se deteriorara el principio de autoridad.

Sin perder el más leve tenor de su energía habitual, el sargento Torres determinó: "Hay que hacer la consulta al capitán Mesiano".

"Sí, mi sargento", dijimos el cabo Leiva y yo, casi al unísono.

Mil novecientos setenta y ocho

I

Ese día, sin embargo, las cosas iban a salirse de su cauce normal. La apreciada regularidad que nos permitía ser como engranajes de una máquina que nunca falla iba a interrumpirse justamente ese día. Para dar pronta respuesta a la inquietud del doctor Padilla, que en el centro de Quilmes la esperaba con urgencia, el sargento Torres me ordenó que ubicara de inmediato al doctor Mesiano. Era necesario que se acercara cuanto antes a la oficina de comunicaciones y se pusiera en contacto con el doctor Padilla.

Pero el doctor Mesiano no aparecía por ninguna parte.

II

La formación de la Argentina: Fillol; Olguín, Galván, Passarella, Tarantini; Ardiles, Gallego, Kempes; Bertoni, Valencia, Ortiz.

III

Recorría los diferentes sectores de la unidad. Primero aquellos donde el doctor Mesiano podía llegar a encontrarse, según las actividades o las preferencias que yo le conocía. En ninguno de esos sitios estaba. Después, ya más inquieto y menos razonador, me puse a buscarlo por todas partes, incluso por algunos lugares inverosímiles, donde muy difícilmente el doctor Mesiano podía llegar a estar. Sucede a menudo que las búsquedas infructuosas nos enceguecen un poco, y terminamos fijándonos, por ejemplo, si un lápiz se nos quedó en una billetera, cosa imposible, o si las llaves del auto están apretadas dentro de una agenda, cosa improbable. A esa especie de obnubilación propia de las búsquedas vanas estaba llegando yo, a fuerza de no encontrar al doctor Mesiano.

IV

La formación de la Argentina (con especial atención a los nombres de sus integrantes): Fillol, Ubaldo Matildo; Olguín, Jorge Mario; Galván, Luis Adolfo; Passarella, Daniel Alberto; Tarantini, Alberto César; Ardiles, Osvaldo César; Gallego, Américo Rubén; Kempes, Mario Alberto; Bertoni, Ricardo Daniel; Valencia, José Daniel; Ortiz, Oscar Alberto.

V

En un primer momento, no quise preguntar a nadie por el doctor Mesiano. De alguna manera, presentía que él había incurrido en una falta, que el hecho mismo de que no se lo pudiera ubicar con prontitud ya implicaba una forma de incorrección de su parte. Cada integrante del servicio estaba obligado, sin que importara su función o su jerarquía, a reportarse sin demoras si se precisaba su presencia. Era uno de los requisitos fundamentales para que el sistema funcionara.

Sentí que, si preguntaba aquí o allá por el doctor Mesiano, lo ponía en evidencia. Extrañamente me encontraba encubriendo al doctor Mesiano, por leve o por inocente que fuese ese encubrimiento.

VI

La formación de la Argentina (con especial atención a las posiciones de sus integrantes): Fillol, arquero; Olguín, marcador de punta por derecha; Galván, marcador central por derecha; Passarella, marcador central por izquierda; Tarantini, marcador de punta por izquierda; Ardiles, mediocampista por derecha; Gallego, mediocampista central; Kempes, mediocampista por izquierda y delantero; Bertoni, delantero por derecha o wing derecho; Valencia, delantero y mediocampista por izquierda; Ortiz, delantero por izquierda o wing izquierdo.

VII

Claro que, por muy discreto que yo quisiera ser, más de uno me había visto pasar afanoso para un lado y para el otro. Era fácil deducir que yo estaba buscando a alguien. Y era fácil deducir que ese alguien era el doctor Mesiano, a quien yo tenía como referente y como jefe inmediato, era fácil deducir que se trataba de él y no podía tratarse de otro.

Por eso anduve por los distintos sectores de la unidad, los más habituales y los más desusados para mí, sin preguntar a nadie si había visto al doctor Mesiano o si acaso sabía dónde podía encontrarlo, y aun así más de uno me cruzó y me dijo, sin esperar a que yo preguntara, que en todo el día no lo habían visto, o que lo habían visto pero hacía por lo menos tres o cuatro horas, o que creían haber oído decir a alguien que se tenía que ir o que ya se había ido.

Yo no olvidaba que, mientras tanto, el sargento Torres me esperaba.

VIII

La formación de la Argentina (con especial atención a la procedencia de sus integrantes): Fillol,

48

River Plate; Olguín, San Lorenzo de Almagro; Galván, Talleres de Córdoba; Passarella, River Plate; Tarantini, libre; Ardiles, Huracán; Gallego, Newell´s Old Boys de Rosario; Kempes, Valencia de España; Bertoni, Independiente de Avellaneda; Valencia, Talleres de Córdoba; Ortiz, River Plate.

IX

Lugo era otro conscripto destinado a la unidad. Era una especie de asistente del coronel Maidana; no su chofer, porque no sabía manejar, sino su colaborador. Al igual que la mayor parte de los conscriptos, por no decir casi todos, tenía una posición bastante más relegada que la mía: no accedía a los lugares ni a las personas ni a los datos a los que yo accedía, porque a nadie le merecía la confianza que yo le merecía al doctor Mesiano.

Pero esta vez pudo permitirse conmigo un aire de superioridad, que tuve que soportar de mala gana. Entendió que yo andaba desconcertado detrás del doctor Mesiano. Admití que habíamos recibido una consulta técnica a la que él debía responder a la brevedad. Entonces Lugo pudo hacerme saber a mí, porque yo no sabía y él sí sabía, que el coronel Maidana le había conseguido al doctor Mesiano dos entradas de favor para el partido de esa noche. "Platea Belgrano alta", precisó, "sector B". Esas entradas provenían directamente de un obsequio del contralmirante Lacoste. Hubo que pasar a retirarlas en seguida, porque eran muy ambicionadas, por las oficinas de Viamonte.

De manera que, en el coche del propio coronel Maidana, conducido por otro conscripto de nombre Ledesma, el doctor Mesiano había abandonado la unidad hacía aproximadamente dos horas, y no era necesario hacer la aclaración de que ya no pensaba regresar en el día de la fecha.

X

La formación de la Argentina (con especial atención a la numeración de sus integrantes): Fillol, cinco; Olguín, quince; Galván, siete; Passarella, diecinueve; Tarantini, veinte; Ardiles, dos; Gallego, seis; Kempes, diez; Bertoni, cuatro; Valencia, veintiuno; Ortiz, dieciséis.

XI

Todo lo sentimental me ha resultado siempre despreciable. Tanto más durante aquel año en el que fui soldado: un año transcurrido entre las armas y los hombres. Pero mentiría si dijera que no me había afectado saber que el doctor Mesiano se había ido sin mí. No dejaba de explicarme a mí mismo que el coronel Maidana lo había poco menos que arrancado de la unidad para que pudiese asegurarse las entradas para el partido. Aun así, sin embargo, me mortificaba que no me hubiese pedido que fuese yo quien lo llevara, conversando tal vez sobre el partido de la noche, en el Falcon reluciente que esperaba por él y no por mí.

XII

La formación de la Argentina (con especial atención a las fechas de nacimiento de sus integrantes): Fillol, 21 de julio de 1950; Olguín, 17 de mayo de 1952; Galván, 24 de febrero de 1948; Passarella, 25 de mayo de 1953; Tarantini, 3 de diciembre de 1955; Ardiles, 3 de agosto de 1952; Gallego, 25 de abril de 1955; Kempes, 15 de julio de 1954; Bertoni, 14 de marzo de 1955; Valencia, 3 de octubre de 1955; Ortiz, 8 de abril de 1953.

XIII

Pude cobrar conciencia entonces de lo mucho que me recelaban el sargento Torres y el cabo Leiva, y seguramente muchos otros que juzgaban que un simple conscripto como yo había llegado demasiado lejos. Lo toleraban a disgusto, sin dejar de pensar que no era lo que correspondía o lo que les convenía, tan sólo porque yo contaba con el respaldo del doctor Mesiano. El doctor Mesiano tenía mucho peso en la unidad. Pero también respecto de él, y yo alcancé a entreverlo aquel día, sentían algún recelo el sargento Torres y el cabo Leiva.

Cuando regresé a decirles que no había podido encontrarlo por ninguna parte, los dos mostraron, a un mismo tiempo, preocupación por ver que la consulta del doctor Padilla no sería respondida con celeridad, y regocijo por sorprender en falta al doctor Mesiano.

"Mire, soldado", me dijo el sargento, "aquí no estamos jugando. A los muertos no hay manera de hacerlos hablar. Necesitamos ya mismo la respuesta para el doctor Padilla". Me hizo saber que, si ese dato llegaba demasiado tarde, yo iba a estar en problemas, y se suponía que el doctor Mesiano también.

El cabo Leiva mientras tanto asentía y, por debajo de sus bigotes, me pareció notar una sonrisa.

XIV

La formación de la Argentina (con especial atención a la estatura de sus integrantes): Fillol, un metro ochenta y uno; Olguín, un metro setenta y cinco; Galván, un metro setenta y dos; Passarella, un metro setenta y cuatro; Tarantini, un metro ochenta y dos; Ardiles, un metro setenta; Gallego, un metro setenta; Kempes, un metro ochenta y dos; Bertoni, un metro setenta y seis; Valencia, un metro setenta y nueve; Ortiz, un metro setenta.

XV

En el momento en que sintió la aspereza del caño apoyado en su nuca, encontró algún modo de resignarse a la muerte. Le dijeron que iban por fin a fusilarla porque se habían cansado de esperar que colaborara. Esa explicación casi final suponía, de alguna manera, una última oportunidad, una última interrogación. Pero ella siguió callando. De las muchas cosas que le advirtieron, en ninguna creyó, y eso la ayudó a no pronunciar ni uno solo de los nombres. De día o de noche, ya no lo sabía, la vinieron a buscar. Casi no le quedaba cuerpo donde pudiesen matarla.

Como le hablaron de fusilamiento, pensó en un pelotón y pensó en un lugar abierto. Liniers, Camila O'Gorman, José León Suárez, todo eso le pasó confusamente por la cabeza. Pero aquí empleaban fusilar por rematar. La arrastraron hasta un lugar tan cerrado y tan estrecho como su propia celda. No tuvieron que encapucharla, porque ya lo estaba desde un principio. No había un pelotón, sino un solo verdugo. Bastaba una persona para matar a una persona. Bastaba un solo revólver, puesto en medio de la nuca del que tenía que morir. Sintió el olor de la pólvora, y sintió el olor de la pólvora ya quemada, aunque no

53

le hubiesen disparado todavía. Oyó que el percutor se movía y llegaba al tope. En la nuca percibió la presión del dedo sobre el gatillo, ya disparando.

Esperó que sonara un estampido, pero sonó un mero golpe del metal contra el metal. En un instante de pura irrealidad, pensó que así sonaba un disparo si se lo oía desde la muerte. Después entendió que no, que no le habían disparado. Hubo insultos y hubo risas, festejando el simulacro. Tras haberse resignado a que iba a morir, tenía que resignarse ahora a que la vida seguiría. Se sintió otra vez demasiado débil. Esa flaqueza indudablemente estaba en los planes, porque volvieron a interrogarla en ese preciso momento. Quiso pedir por el hijo, pero se contuvo. Le exigían los nombres, los nombres, los nombres. En las sienes la lastimaban sus propios latidos. Para no escuchar, para no decir nada, se puso a contar cuántos de esos latidos cabían en el transcurso de un minuto.

XVI

La formación de la Argentina (con especial atención al peso de sus integrantes): Fillol, setenta y ocho kilos; Olguín, sesenta y nueve kilos; Galván, setenta kilos; Passarella, setenta y un kilos; Tarantini, setenta y tres kilos; Ardiles, sesenta y dos kilos; Gallego, setenta y dos kilos; Kempes, setenta y seis kilos; Bertoni, setenta y ocho kilos; Valencia, setenta y siete kilos; Ortiz, setenta kilos.

Ochenta mil

I

Ubicar al doctor Mesiano y hacer que respondiera a la inquietud del doctor Padilla se convirtió para mí en una cuestión de orgullo personal. Sentí que no debía permitir que una información se perdiera por culpa nuestra (cualquier falta del doctor Mesiano, si es que la había, yo la vivía como propia).

Pedí permiso al sargento Torres para retirarme de la unidad. Me llevaba conmigo el Falcon: me proponía encontrar al doctor Mesiano y conseguir que diera a tiempo su valiosa opinión profesional. Dije "a tiempo" sin saber del todo bien qué significaba exactamente una expresión así en esas circunstancias.

"Haga lo que tiene que hacer, soldado", dijo el sargento, pero no levantó la vista de unos papeles que revisaba.

Era invierno: anochecía cuando salí.

II

El tránsito en las calles se había enredado hasta volverse insoluble. Se trababa en todas las esquinas y por momentos quedaba completamente detenido. No había manera de apurar la marcha: la fila de coches atascados seguía hasta donde llegaba la vista. Los otros días de partido había pasado lo mismo: toda la gente salía de sus trabajos a la misma hora, para llegar a sus casas a ver el encuentro por televisión; ese apuro abarrotaba las calles de autos, y entonces los viajes por la ciudad, justo cuando se los quería más rápidos, demoraban el doble del tiempo normal, si no más. Hoy la historia se repetía, pese a ser sábado.

Para calmar mi ansiedad, prendí la radio del coche. Hacían conjeturas sobre el partido: mostraban cautela, pero no dudaban de la victoria argentina. Miré mi reloj y entendí que no podría llegar a tiempo hasta la casa del doctor Mesiano. Había tomado esa dirección sin estar nada seguro de cómo debía proceder. Yo nunca bajaba ni tocaba el timbre en esa casa, porque la costumbre era que el doctor me esperara ya listo en la puerta. Y al doctor nunca se le había hecho tarde. Quizás a esta hora no estuviese en su casa, quizás hubiese ido directamente al estadio, y yo cometía una grave imprudencia yendo a molestar a su esposa, fuera lo que fuese aquello que la mantenía apartada del mundo.

No sin alivio cambié de ruta: dejé el camino que

llevaba a la casa del doctor Mesiano y torcí hacia la avenida del Libertador, que era el camino que llevaba hasta el estadio con menos demora.

III

Gracias a las reformas indicadas y luego supervisadas por el Ente Autárquico, la capacidad del estadio alcanzaba ahora a casi ochenta mil espectadores. Me costaba calcular lo que representaba esa cantidad de personas aglomeradas en las calles de un barrio. Pero no dejaba de comprender que, ante esa cifra desmedida, las probabilidades que yo tenía de encontrar al doctor Mesiano en el acceso al estadio eran tan pocas que incluso la imagen de la aguja en el pajar resultaba insuficiente.

Esa perspectiva ciertamente me desanimó, pero de inmediato consideré que yo contaba con el dato preciso del sector en el que debía buscar, y por lo tanto tomaba una porción de asistentes bastante menor que los ochenta mil del total. Me bastaría con recorrer los accesos de la calle Udaondo, y podía descartar los de Alcorta y los de Lugones.

Al fin de cuentas, admití, no tenía otra alternativa. Peor hubiera sido irme a mi casa, y peor aún permanecer en la unidad, soportando los reproches del sargento Torres, a los que pronto habrían de agregarse los del cabo Leiva, porque en esa clase de mortificaciones era raro que uno dejara de seguir al otro.

IV

Mi plan consistía en merodear las entradas a la platea Belgrano, que no eran tantas, sabiendo que el doctor Mesiano tarde o temprano tenía que pasar por ahí. Confiaba en verlo o en que él me viera. Ni siquiera le haría perder el partido: él podía darme la respuesta a mí, y yo me encargaría de hacérsela llegar al doctor Padilla hasta el Centro Malvinas de la ciudad de Quilmes.

Pero las complicaciones del tránsito en las calles fueron aumentando a medida que me acercaba a la zona del estadio. En la radio pasaban ahora la formación de la Argentina y la analizaban en sus pormenores. Me entretuve oyendo esa información, pero por momentos avanzaba a un exasperante paso de hombre. Y ni siquiera eso, porque los que iban a pie a ver el partido pasaban a los costados del coche y lo dejaban atrás. Muchos me saludaban, al ver que era un soldado, agitando sus banderas argentinas. Yo les respondí levantando los pulgares.

Dejé el Falcon a unas cuantas cuadras y seguí el camino a pie, al ver que de ese modo podría avanzar más rápido. Pero aun así, entre una cosa y la otra, terminé llegando demasiado tarde al estadio. Era casi la hora del partido cuando me encontré ante las puertas de la platea Belgrano. El doctor Mesiano, previsor como era, seguramente había ingresado hacía un largo rato.

Entonces me propuse esperar, y buscarlo a la salida.

V

Las luces blancas del estadio aclaraban con su reflejo los muros del Tiro Federal. En ese lugar, durante la instrucción, yo había hecho mis prácticas de tiro, y había recibido dos lecciones definitivas: la primera, que la puntería depende menos de una buena vista que de un buen pulso, que con buena vista y mal pulso lo único que se consigue es ver por cuánto se falló; la segunda, que no había que dudar en un disparo, que al que dudaba en matar, lo mataban.

Esa noche, por razones obvias, no se hacían prácticas en el Tiro Federal, y había como una ausencia de los estampidos de fogueo detrás de los muros que no dejaban que nada se viera.

VI

Durante dos horas, mientras durase el partido, se sabía que no iba a pasar nada. Si la Argentina ganaba, hasta podía suceder que la noche entera se fuese sin novedad. Era mejor no imaginar qué podía pasar si perdía. Pero eso nunca había ocurrido, y no tenía por qué ocurrir.

VII

Noté de pronto que la ciudad había quedado vacía. Repentinamente vacía: ni un solo auto, ni un solo colectivo, ni una sola persona caminando, nadie por ningún lugar. Supe así que el partido había empezado.

VIII

En el silencio de la noche, había que esperar que explotara un grito de gol. Un gol de la Argentina, como había pasado las otras noches, y quizá no habría ya más gritos, al menos hasta el día siguiente.

IX

En torno del estadio callado, sólo circulaban los policías. Unos cuantos a caballo y unos cuantos en moto. También pasaban los patrulleros. Los de los patrulleros mantenían a los demás al tanto de cómo iba todo, y a los más temerosos los alentaban a que tuviesen fe.

X

El llanto de una criatura puede hasta tapar las voces de una radio, por mucho que esas voces excla-

men y alboroten. Por suerte lloró y se lo trajeron, nomás para que no estorbara.

XI

Si uno miraba con atención las ranuras de las
persianas de las casas, veía en todas ellas el brillo ce-
leste de los televisores encendidos. Sólo así se advertía que la ciudad no había sido desalojada, que no
era uno de esos episodios de las guerras en que todos los pobladores de un lugar lo abandonan y se
marchan, sin dejar en él cosa alguna que pueda ser-
vir al enemigo que invade.

XII

Esa agua turbia y fría, a la que sin justicia llama-
ban caldo, traía por lo común unos pocos fideos, y a
veces un pedazo de papa tan leve que flotaba. Aquella noche, sin embargo, eran tres los pedazos de
papa, y había también un poco de algo que quizá
fuese zapallo, y los fideos que venían no podían ser
contados sin esmero.

Habían hecho eso contra Hungría, y después lo
habían hecho contra Francia: seguramente no que-
rían que la racha se cortara.

Sentí de pronto el hambre y el frío. Se levantó un viento cortante que empezó a arrastrar las tiras de papel que había por la calle, aunque sin hacer ruido con ellas. Busqué la diagonal para llegar a Libertador y meterme en alguna pizzería que hubiese quedado abierta a la espera de la salida de la gente cuando el partido terminara.

Antes de llegar a la plaza que había en medio de la avenida en diagonal, vi pasar un perro. Es poco lo que sé de razas de perros, reconozco tan sólo las más obvias, las que cualquiera reconocería. De este perro puedo decir que se parecía mucho al ovejero alemán, que no era un ovejero alemán pero se le asemejaba mucho. Me llamó la atención el modo en que se movía. Jugaba evidentemente con algún objeto, lo empujaba y luego lo perseguía, trataba y no podía apretarlo entre los dientes. Era la manera en que suelen jugar los gatos, no los perros; y sin embargo este perro estaba tan entretenido con ese asunto que en un primer momento ni siquiera me vio.

Me acerqué, pero no demasiado. Los perros me provocan desconfianza. Quedé, pese a todo, a una distancia suficientemente corta como para ver, bajo un golpe de luz, el brillo dorado de ese objeto que el perro llevaba y traía. Era un objeto muy pequeño, pero acercándome más, más de lo que suelo acercarme a los perros sueltos, alcancé a notar que se trataba de una moneda. Una moneda, me dije, o una chapita de gaseosa; pero como era dorada, pensé en una moneda.

Había quedado tan cerca, que el perro notó mi presencia. Me miró sin expresión. Estaba a punto de alejarme, cuando el perro se me adelantó y se alejó antes de que yo lo hiciera. Entonces fui a levantar la moneda para quedarme con ella: encontrar plata tirada es signo de buena suerte, y es también, al mismo tiempo, el primer efecto de esa buena suerte. Pero cuando me agaché a recogerla, vi que no se trataba de una moneda, sino de un anillo. Un anillo dorado con una letra "R" tallada en el anverso. Y en el borde interior, en una letra tan pequeña que apenas si alcancé a leerla bajo la pobre luz de la calle, decía: "Raúl y Susana", y un año: "1973".

Si ese anillo era, como parecía ser, de oro, valía mucho más que la moneda que me pareció ver en un principio. Sin embargo, la moneda me la hubiese metido en el bolsillo y me la hubiese llevado conmigo. Y al anillo, no sé por qué, lo tiré en el arenero de la plaza y después lo tapé a patadas con arena, primero lo tapé y después revolví todo con mis botas de soldado, hasta estar bien seguro de que no podría volver a encontrar ese anillo, ni siquiera en el caso imposible de que me pusiese a buscarlo.

Veinticinco millones

I

Di con una pizzería abierta antes de llegar a Congreso. Como era de prever, estaba vacía, o casi vacía, en realidad, porque al menos una de las mesas del local estaba ocupada. Un hombre solo, de edad difusa, se demoraba delante de un sifón de soda y una porción de muzzarella. Sobre la mesa estaba su correspondiente radio portátil. Por no hacer barullo, o por ganar en concentración, aquel hombre tenía un audífono metido en la oreja izquierda. Al pasar junto a su mesa, le pregunté cómo iba el partido. "Cero a cero", me dijo, sin agregar nada más.

En la pared había dos estufas encendidas, que no alcanzaban a entibiar el aire del lugar. La llama azul producía un zumbido muy leve, que sin embargo se oía.

II

Ante un contrario que agrede por medio de contraataques, lo conveniente no es presentar una defensa en línea, ya que la misma puede verse fácilmente rebasada, sino disponer un orden defensivo escalonado.

III

La mujer que atendía era tan pequeña que apenas si se la llegaba a ver detrás del mostrador. No se acercó, sin embargo, ni salió de ahí atrás, para preguntarme qué se me ofrecía. Tampoco precisó alzar la voz para que la oyera. Le pedí una Coca-Cola y dos porciones de muzzarella. "¿Fría o natural?", consultó, se entendía que la Coca-Cola. "Natural", le dije.

Ella misma se ocupó de calentar las dos porciones de pizza y de traerlas hasta mi mesa junto con la botella de Coca-Cola. El problema de pedir porciones sueltas es que en esos casos acostumbran recalentar una pizza ya cocinada desde vaya uno a saber cuándo. Pero el hambre que yo tenía ayudó a que me pareciera que todo estaba bien.

Hasta tanto terminara el partido, la mujer no esperaba que nadie más entrase en la pizzería. En sus cálculos, era evidente, ni siquiera estábamos el hombre de la radio y yo. Pero en un momento determinado, cuando yo ya casi terminaba con lo mío, entró un policía. Pasó sin saludar entre las mesas y se arrimó al mostrador para apurar, de parado nomás, un vaso de vino y un par de empanadas. Le pidió a la mujer que pasara un trapo por ahí arriba, para poder apoyar su gorra con más confianza. De pronto interrogó: "Diga, señora, ¿y el partido?". Yo tampoco hubiese imaginado que podía faltar una radio encendida en este lugar. Siempre detrás del mostrador, la mujer dijo: "Es cábala, nomás, agente, para que hoy ganen los nuestros. Contra los tanos en Alemania acá mismo me escuché la transmisión, y el partido se nos iba si no era por Houseman".

El policía tragó y tomó un sorbo final, sin dar la explicación por buena ni por mala. Se dio vuelta y le apuntó al hombre de la radio. "Oiga", le dijo, "¿cómo va la cosa?". El otro repitió sin énfasis: "Cero a cero". Entonces el policía sacó una servilleta de papel de un vaso que había sobre el mostrador, se la pasó por los bigotes, volvió a ponerse la gorra, la calzó de un tirón, y salió otra vez a la calle, a la noche y al frío, sin despedirse y sin pagar.

IV

Cuando el contrario presenta una defensa cerrada, conviene no ensayar ataques aéreos frontales, porque se vuelven fáciles de neutralizar y terminan por desmoralizar al bando atacante.

V

Estaba a punto de irme, con la intención de buscar un lugar donde escuchar el partido, cuando el hombre de la otra mesa se paró y pasó en dirección al baño. Dejó sobre la mesa la radio y el audífono. Los baños estaban bien al fondo, por un pasillo que había al costado del mostrador. Entonces sentí un impulso difícil de explicar. Me levanté y me acerqué a la otra mesa. Yo no era tímido, pero tampoco confiado, y lo que estaba haciendo me resultó un tanto impropio. Tal vez me venció la ansiedad por escuchar un poco del partido, tal vez me confié al saber que nadie me estaba viendo. Tomé el audífono de aquel hombre, lo limpié frotándolo contra mi pulóver, y me lo puse en el oído. No conozco nada, nada en absoluto sobre música clásica, así que no puedo decir si lo que aquel hombre escuchaba en una sola oreja era Mozart, Beethoven o qué.

Con un sobresalto dejé el audífono en su lugar y regresé a mi mesa. Pronto el hombre salió del baño. Ocupó su lugar y volvió a colocarse el audífono. Me pareció que me miraba, y quise irme. Pedí la cuenta, pero la mujer se negó a cobrarme y descartó mis argumentos. Le di las gracias y enfilé hacia la puerta. Al pasar, le pregunté a aquel hombre si había alguna novedad.

"Ninguna", me dijo, cubriendo con una mano el oído que le quedaba libre.

VI

Con frecuencia, los contrarios ensayan movimientos engañosos en el campo. Así, por ejemplo, ocupan posiciones ofensivas por el flanco derecho, cuando su verdadera intención es atacar por el flanco izquierdo. En ese caso, el bando defensor puede igualmente aparentar el fortalecimiento defensivo de un sector y el descuido defensivo de otro, pero en realidad está listo a cubrir las posiciones presuntamente debilitadas y a rechazar el ataque en la zona en la que se sabe que en verdad va a producirse. De esta manera, se neutraliza una maniobra engañosa, no con una maniobra verdadera, sino con otra maniobra engañosa.

VII

En una esquina oscura vi pasar a una chica que lloraba. Apenas si vi su cara, porque pasó corriendo. Me pareció que corría al límite de sus fuerzas, pero ni siquiera eso le bastaba, y estiraba los brazos hacia adelante, volcaba todo su cuerpo hacia adelante. Ella a mí no me vio, porque nada veía. Los ojos los tenía perdidos, también hacia adelante.

Se me cruzó inesperadamente, en medio de la calle vacía, cuando yo caminaba hacia el lugar donde había dejado el auto. La vi otra vez un poco más allá, en otro claro de luz; después la vi tropezar y caerse al suelo, la vi casi rebotar en el suelo para volver a pararse y volver a correr, como si caerse no formara parte de las cosas que podían sucederle.

Dos veces más reapareció en los claros de luz de la calle, siempre corriendo, cada vez más distante. Yo me quedé parado, sin dejar de mirarla. No se veía a nadie más en ninguna parte. Hacia el final de la calle, la chica desapareció, en un pasaje abandonado que llevaba a la estación del tren.

Yo calculo que tenía, como mucho, quince años.

VIII

Cuando se va en persecución de un contrario, no es conveniente ponerse justo detrás de él. Su propio cuerpo se convierte así en un obstáculo que dificulta la visión y nos impide darle alcance. Lo más adecuado, si se cuenta con la fuerza suficiente, es abrirse de la línea de carrera y sobrepasarlo por un costado, adelantar un buen tramo y ganarle metros, y recién entonces girar para ofrecerle un punto de choque desde una posición frontal.

IX

A la altura de Campos Salles había, y todavía hay, dos descampados. Les habían levantado unas paredes de cemento alrededor para que desde afuera no se notaran los yuyos y los escombros. Sobre esas paredes después se pusieron afiches de propaganda. Ahora no quedaba ninguno que estuviese entero y pudiese leerse bien, porque al parecer la gente que pasaba hacia el estadio los iba arrancando y los dejaba hechos jirones. Colgaban hacia afuera las grandes tiras de papel, como si fuesen los muros los que se estaban desgajando.

No había basura en los descampados, porque los carteles que prohibían terminantemente arrojarla eran esos que no pueden arrancarse. Pese a no haber basura, había ratas. Ahora que las calles estaban vacías, se las podía oír ahí adentro. En el silencio de la ciudad sin gente, se las sentía mover los pastos, y sonaban como los pasos de una persona que deambulara sin ningún lugar adonde ir. Prestando un poco más de atención, se alcanzaba a percibir los chillidos de las ratas. Se parecían mucho a los gemidos de una persona que quiere y no puede contener un sollozo. Eran muchas las ratas, o era mucho lo que se movían; o acaso, habiendo ratas, había también gatos que las perseguían. Al pasar a la altura de los descampados, sentí además el ruido de un golpe en el lado de adentro de la pared. Seguramente uno de los gatos, en el momento de dar el salto para caer sobre una rata, había movido un pedazo de escombro y lo había hecho chocar contra la pared, y por eso desde afuera yo justo que pasaba había escuchado el golpe, ese golpe que me había hecho pensar en una persona que daba una trompada en una pared, porque por raro o por inútil que parezca, a veces una persona se desespera y al desesperarse da una trompada en la pared, y ese golpe suena igual que aquel golpe del escombro sobre el muro del descampado, cuando el gato pegó el salto para cazar a la rata y lo sacó de su sitio y lo hizo caer.

X

Cuando el contrario es fuerte en los ataques por vía aérea y supera en altura a las posiciones defensivas, se deben obstruir los puntos de lanzamiento, para neutralizar de esa manera los tiros por elevación antes incluso de que se produzcan.

XI

Otra de las ventajas del Ford Falcon, por sobre los demás modelos y marcas, es que no hacía falta poner en marcha el motor, ni tampoco poner el coche en contacto, para que funcionara la radio. Como mi intención no era todavía la de circular, sino la de escuchar lo que quedase del partido y hacer tiempo, me metí en el auto estacionado y puse Rivadavia.

El frío de la noche de junio hubiese justificado el uso de la calefacción, pero con el motor apagado el aire no llegaba a calentarse, y no quise gastar nafta inútilmente o dar vueltas por las calles de la zona sin necesidad, sólo por no pasar un poco de frío. Al fin de cuentas, tenía puesto un pulóver, y además del pulóver una campera robusta que no hubiese desestimado en las noches de guardia, noches enteras pasadas a la intemperie, durante el período de instrucción.

De cualquier forma, los vidrios del coche cerrado no tardaron en empañarse. Me resistí a pasar un dedo y escribir cualquier cosa sobre el vapor, que es un hábito de infancia que nunca se pierde del todo, y también a frotar con una franela el lado de adentro del parabrisas para despejar la visión. A través del vidrio empañado, la calle era, todavía más, una mezcla de sombras indiscernibles. Mirando así, de pronto se tenía la impresión de que una sombra se movía, que pasaba con sigilo de un lugar a otro; cosa imposible, porque en esa calle, al igual que en las otras, no había nadie y todo estaba quieto, y la apariencia de algún movimiento se debía sin duda a mi sugestión, alentada por la indefinición del vidrio que se esmerilaba con el choque del calor de adentro y el frío de afuera.

XII

La marcación personal constituye, por cierto, un sistema defensivo de mayor eficacia. Pero también supone un reconocimiento de hecho de la peligrosidad de los contrarios, lo que afecta negativamente la disposición anímica del bando defensor. La marcación zonal, en cambio, aunque ofrece mayores brechas defensivas, se basa ante todo en el control espacial del propio terreno. La defensa se afirma así en un sector del campo que está bajo su dominio y que el contrario tiene todavía que conquistar.

XIII

Salí del coche cuando todavía faltaban unos diez minutos. Caminé sin apuro y mirando para arriba. Miraba para arriba porque sería una especie de clamor del cielo lo que me haría saber que finalmente habíamos empatado.

XIV

Cuando se enfrentan dos fuerzas de poderío semejante, son los artilleros los que desequilibran. De existir uno que desnivele y venza, en caso de gran paridad, será aquel cuyo artillero se encuentre más atento o más inspirado, o mejor considerado por la fortuna.

Cero uno

I

En filas desparejas se desconcentró la multitud callada. Era una larga procesión de cabizbajos, que no mostraban llanto por no ceder el gesto del que es bien hombre, pero que tampoco hablaban ni levantaban la vista. Se oía tan sólo el rasgado del andar sobre el pavimento o sobre las baldosas de las veredas, porque los pies tampoco los levantaba nadie, y al arrastrarlos se arrastraban los papeles rotos, la mugre general de los días de partido, los pedazos de cualquier cosa.

No había semblante en que faltara la pesadumbre. En el desfile continuo de las caras sin sosiego, se veía la tristeza multiplicarse por miles. Yo iba viendo, también callado, la manera en que pasaban incesantes los desconsolados: tanta gente, tantos miles, y nadie tenía palabra alguna que decir.

Yo no era más que un soldado, un soldado conscripto, y al cabo de un año ni eso sería. Pero alcanzaba, con todo, a darme cuenta, porque en eso me fijaba y reparé, de que el que llegaba un poco más lejos y se hacía un nombre, más temprano que tarde generaba envidia y malestar. Así pasaba muchas veces con el doctor Mesiano. Sus colegas eran los primeros en mirarlo de costado, por más que persistieran en la cordialidad del trato entre pares. Por doctores y por oficiales, le guardaban consideración y cuidaban las formas. Pero el doctor Mesiano sabía más y decidía más que muchos de ellos, y más de uno estaría esperando que algo le pasara y cayese en desgracia.

III

Iban mudos en su desolación los miles y miles que pasaban de regreso. Iban peor que mudos: iban murmurantes. Muchos tenían un temblor casi invisible en las bocas, que no llegaban a abrirse. Parecían rezar, pero no rezaban, porque ya habían rezado antes de salir y no había servido para nada. No rezaban porque eran todos, ahora, unos incrédulos: no podían creer lo que había pasado, aunque con sus propios ojos acababan de verlo, y entonces sentían que ya no podían creer en nada más. En las bocas, sin embargo, les quedaban, inútiles ahora, las formas del rezo pasado, y las repetían como autómatas, sin un fin y sin un sentido definidos.

IV

Tampoco el doctor Padilla, por ser doblemente un colega, habría de destratar al doctor Mesiano. Emplearía con él, como lo hacían todos, las fórmulas del respeto y el gesto amable. De no verse, le haría llegar un abrazo, y de verse, se lo daría. Dejaría de preguntar por su señora esposa, que en eso consistía, si del doctor Mesiano se trataba, la consideración cordial. Todo esto era así, y así sería. Pero si, por una de esas cosas, llegaba a suceder que algo se complicaba en el centro de Quilmes, y si tal complicación tenía su gravedad, el doctor Padilla no dejaría de evidenciar la responsabilidad que al doctor Mesiano en eso podía caberle; un poco para cubrirse él y aliviarse de su propia responsabilidad, y otro poco para descargar el rencor que tuviese acumulado.

V

No eran ellos los portadores de la noticia porque, quién más, quién menos, la noticia ya era sabida por todos. El que no había visto por la televisión las imágenes de lo que había pasado se había enterado,

76

como yo, por las transmisiones de radio. Ellos eran los que, como digo, lo habían visto todo con sus propios ojos, ellos eran los testigos directos. Al verlos salir abrumados, abatidos del estadio, pensé que extrañamente tenían, a un mismo tiempo, la apariencia de los inocentes y la apariencia de los que no son inocentes.

No podían explicar, por el solo hecho de haber estado ahí, cómo era que había pasado lo que nadie podía suponer que fuese a pasar. En sus casas esa misma noche, o en sus lugares de trabajo durante los días siguientes, les iban a pedir alguna explicación; pero ellos no la tendrían. Mucho menos tendrían una palabra de consuelo que dar: ahora caminaban amuchados por el frío, de a cientos, de a miles, y no conseguían animarse unos a otros.

Sólo eran portadores de la pena que sentían: con ella a cuestas volvían a una ciudad que, con la misma pena, los esperaba.

VI

El doctor Mesiano siempre me decía que a la historia era inútil pensarla desde meras suposiciones: lo que importaba era lo que efectivamente había pasado, y no lo que podría haber pasado o lo que debería haber pasado. Por esa razón se negaba a considerar, por ejemplo, cómo hubiesen sido las cosas si las invasiones inglesas no hubiesen sido rechazadas, o si

San Martín no le hubiese cedido la gloria a Bolívar en Guayaquil, o si Urquiza no hubiese vencido a Rosas en Caseros, o si Mitre no hubiese vencido a Urquiza en Pavón.

Y sin embargo, en contra de tales convicciones, el doctor Mesiano ahora decía que si en el arco esta noche hubiese estado Gatti, y no Fillol, el remate decisivo no hubiese llegado a destino, porque Gatti jugaba debidamente adelantado, y no debajo de los tres palos, como Fillol.

VII

Era una especie de infinita marcha fúnebre, uno de esos fenómenos excepcionales de tristeza general; sólo que esta marcha no tenía un punto de llegada adonde dirigirse: se extendía por todas partes, se dispersaba por todas partes. Si a los que salían del estadio, después de asistir a lo que había pasado, los hubiesen dejado librados a su propia voluntad, se hubiese visto que no tenían voluntad: se hubiese visto que se ponían a deambular sin sentido, a dar vueltas igual que se le da vueltas a un problema que no tiene solución.

Pero aquí la desazón se derramaba con un orden, porque para eso estaban los vallados infranqueables, y las motos de luces brillantes, y los caballos quietos pero intranquilos, señalando los lugares por donde se podía pasar y por donde no se podía

78

pasar. Y así los que vivían en el oeste llegaban al cuarenta y dos, los que vivían en Pacheco llegaban al quince, los que vivían en la Boca llegaban al veintinueve.

VIII

Siempre tuve por seguro que a la profesión debía ir unido, una cosa con la otra, el orgullo profesional, y que el orgullo profesional iba a su vez unido al celo profesional. Eso pensaba y eso pienso, aunque no tengo todavía una profesión (voy a tenerla: estudio medicina), porque me parece evidente que el orgullo profesional ayuda a que los deberes se cumplan con mayor eficacia. Claro que, cuando no se actúa exclusivamente a título personal, digamos por ejemplo en un consultorio privado al que acuden pacientes particulares, sino que se forma parte de un sistema conjunto, hay que entender que en una máquina cada engranaje funciona en relación con otros engranajes, y que en esa máquina, al igual que en cualquier motor, hay piezas más importantes y piezas menos importantes.

IX

El doctor Mesiano, muy dado al análisis de tácticas y estrategias, no afirmaba del todo la idea de que la erradicación, inconsulta pero impostergable, de la villa miseria del Bajo Belgrano, pudiese haber afectado el rendimiento de René Houseman. Tampoco se decidía, de todas formas, a abandonar su teoría de la adaptación geográfica, una teoría según la cual un individuo habría de alcanzar un rendimiento mayor si se desempeñaba en su ámbito de origen; tanto más que en Alemania, por ejemplo, donde todo le es tan distinto. Dubitativo, se inclinó por pensar que a Houseman lo habían hecho entrar demasiado tarde esta noche, y que no había tenido tiempo para desarrollar sus aptitudes con plenitud.

X

Para que la desconcentración fuese tan pronta como ordenada, se contaba además con una serie de micros escolares, en los que oportunamente se habían colgado carteles bien visibles anunciando "Retiro", "Liniers" o "Constitución". Los que por costumbre voceaban estos mismos destinos, esta noche callaban, ganados por el mismo dolor que todos teníamos. Esos micros anaranjados, que apenas unas horas después estarían llevando a decenas de niños desolados a las escuelas de la ciudad, se colmaban ahora con decenas de adultos igualmente desolados. Sus gestos adustos y ausentes, dispuestos en estos micros, adquirían un aire muy propio de la infancia.

XI

Habitualmente, los últimos en deponer el entusiasmo o la esperanza, incluso en medio de los mayores infortunios, eran los vendedores de banderas argentinas. No hay por qué suponer que se tratara de una alegría fingida o interesada, porque el que lleva una bandera argentina en alto no puede estar fingiendo o calculando réditos. Esta noche, sin embargo, se había puesto tan doliente para todos que, en presencia de tamaña desazón, también los vendedores de banderas callaban y se quedaban largamente mirando el suelo.

XII

Mi memoria es muy precisa, sobre todo cuando se trata de nombres. Pero aun así, el doctor Mesiano me admiraba con su capacidad para recitar listas enteras de personajes de la historia, especialmente de la historia argentina, que habían tenido una actuación destacada en la política o en la guerra, si es que cabía hacer tal distinción, siendo todavía muy jóvenes. De ese modo demostraba que eran muchos los casos de quienes, antes incluso de llegar a cumplir los veinte años de edad, habían conseguido sobresalir y rendir valiosos servicios al país. "Hay que contar con los jóvenes", decía siempre el doctor Mesiano, y esta noche en particular, después de repasar sus listas de ejemplos debidamente memorizados, concluía: "Ha sido un grave error hacer a un lado al pibe Maradona". De Bravo y de Bottaniz no decía nada, ni siquiera los mencionaba, pero en cambio insistía en que había sido un grave error tener prejuicios con los más jóvenes y en consecuencia apartar al pibe Maradona. Y decía así: "el pibe Maradona", como si en el acto de pronunciar un nombre se pudiese dar una palmada de afecto.

XIII

¿Qué es la medicina, finalmente? Yo estudio medicina. La medicina es una ciencia del cuerpo humano. Es un saber sistematizado acerca del cuerpo humano, que a veces se aplica sobre su medianía, sobre el nivel promedio de lo que se considera la normalidad, y otras veces se aplica sobre sus límites, sobre los niveles a los que un cuerpo puede ser llevado.

Hay un hecho indiscutible: si el doctor Padilla hubiese contado con el conocimiento suficiente para establecer con certeza un límite determinado, si su competencia profesional le hubiese permitido indicar taxativamente una pauta, fuera ésta de dos meses, de seis meses o de dos años, entonces ni siquiera habría hecho falta recurrir al doctor Mesiano. Pero al doctor Mesiano habían tenido que consultarlo, y con urgencia; y por eso yo ahora con tanta insistencia lo buscaba. Necesitaban de él. Y eso los obligaba a tenerle una consideración diferente. Era una de esas personas que sabían resolver problemas médicos, en tiempos en que sobraban los problemas médicos.

XIV

Los que decían, y yo los he oído, que eran todas iguales las caras en esa muchedumbre, los que decían que en esa muchedumbre una cara daba lo mismo que otra, juzgaban a distancia, sin aproximarse lo suficiente. Yo los había visto llegar, ilusionados, y cada cual era feliz a su manera. Ahora era el sufrimiento lo que los igualaba. Se parecían en el dolor y la preocupación; por desolados se parecían todos. Al regresar pesarosos se unían en una misma forma de la amargura. Pero esa amargura iba más allá de ellos, porque idéntica se apoderaba de todos; iba más allá de ellos, más allá del barrio del bajo, más allá de la ciudad, y estaba en todas partes.

Las caras se parecían en la peregrinación oscura y desconcertada. Mi propia cara se volvía seguramente igual. Pese a todo, cuando ya empezaba a perder las esperanzas, en el sector indicado alcancé a distinguir, casi como por milagro, la cara severa del doctor Mesiano.

Doscientos dos

I

Por extraño que parezca, no se sorprendió de verme. Reaccionó con la naturalidad propia del que ha concertado una cita, como si hubiese estado esperando el encuentro. Venía junto con su hijo Sergio: le pasaba un brazo por los hombros, acaso para reconfortarlo. Yo lo conocía, a esa altura de los hechos, lo suficiente como para advertir que estaba desencajado. Le salí al cruce en una vereda de Udaondo, unos metros después de Figueroa Alcorta. De fondo se veía la gran esfera plástica envuelta por los brazos de hierro. Me acordé de que, en el momento de instalarla, algún cable se había soltado por sorpresa y la gran esfera inflada se había volado con el viento en dirección al río. Los de prefectura habían tenido que bajarla a tiros. Por no dañar la imagen organizativa del país, se moderó la información del episodio. Y después hubo que fabricar de apuro una nueva esfera plástica, que era la parte fundamental del símbolo. Ahora, pese a la noche que avanzaba y a la declinación de las luces del estadio, esa esfera conservaba un extraño brillo, una especie de leve luz en medio de la opacidad del cielo.

II

Las comodidades de la habitación estándar, que era la más accesible, incluían: la cama, desde luego; decoración de espejos y luces combinadas; nuevo circuito cerrado de televisión; aire acondicionado; tres canales de música funcional; baño común. Incluía el desayuno: café con leche y medialunas, con opcional de jugo de naranja.

III

"Doctor", le dije, "he tenido que venir a buscarlo".

Sin darme cuenta le había puesto una mano en el brazo.

"Sí", me dijo él, "ya lo veo".

IV

El doctor había llegado en taxi hasta el estadio. Lo había tomado en el centro de la ciudad. Para poder llegar temprano, más que por pereza o por prepotencia, se había valido de su credencial para transponer los puntos de cortes de tránsito dispuestos por la policía con el fin de ordenar el acceso en los alrededores. Ahora, en la salida, el tránsito era libre, pero no resultaba tan fácil encontrar un taxi: los pocos que pasaban por Libertador iban ocupados. No dejaba de ser un golpe de fortuna, al menos en este sentido, el hecho de que yo me apareciera de improviso, con el Ford Falcon estacionado apenas a algunas cuadras de allí. Pero el doctor Mesiano no pareció apreciar esta circunstancia, y todo lo tomó con naturalidad o con indiferencia.

V

"Doctor", insistí, "se trata de un caso de cierta urgencia". No quise decir de vida o muerte, porque era una frase hecha, vacía de sentido, una estupidez. "Si no", agregué, "no me habría atrevido a importunarlo".

"Me imagino", contestó el doctor Mesiano. "Me imagino."

VI

Las comodidades de la habitación especial incluían: la cama, desde luego; decoración de espejos y luces combinadas; nuevo circuito cerrado de televisión; aire acondicionado; tres canales de música funcional; nuevo baño con ducha escocesa. Incluía un desayuno especial: café con leche, tostados de jamón y queso, y jugo de naranja o de pomelo.

VII

Poco a poco las calles volvían a quedar vacías. Yo señalé cuál era la dirección en la que había dejado el coche. Me ofrecí a ir solo a buscarlo y que ellos me esperaran, para evitarles el disgusto de la caminata, si es que caminar les disgustaba en una noche como ésta. Pero el doctor Mesiano tenía otros planes. Nos indicó que avanzáramos unos pasos por Udaondo. Los rastros del gran encuentro se iban perdiendo. En la misma proporción reaparecían, antes invisibles, otras partes de la ciudad. Una cuadra más bien oscura, en la que yo no había reparado las otras veces que la crucé, reunía o enfrentaba, a cien metros de distancia, una iglesia y un bar de copas. Podía pensarse que en esa cuadra la ciudad alentaba el impudor o la ironía. La iglesia, por supuesto, estaba cerrada; pero en la vereda se encontraba el cura, barriendo papeles y pisadas, cigarrillos mal apagados y pedazos de vidrio, de manera que la entrada quedase reluciente para la misa de la siguiente mañana. Tal vez los pensamientos del cura estaban ya fijados en el sermón de esa misa, y el ejercicio mecánico de llevar y traer la escoba lo ayudaba a elegir las palabras que emplearía. Uno podía imaginar que, dada la situación, recordaría a los fieles su deber de nunca perder las esperanzas, y juntaría los puños apretados delante de sus ojos también apretados para proclamar su bendición a la unidad de todos los argentinos.

El bar de copas, en cambio, abría justamente a esa hora, y alcanzaba su modesto esplendor de sábado a la noche una vez que el público impropio terminaba de alejarse. Hacia afuera mostraba una tenue luminosidad violácea, y adentro se espesaba con el humo y el calor artificial.

VIII

"Doctor", le dije, poniéndome a la par pero sin lograr que se detuviera a escucharme. "Doctor", le dije, "esta tarde llegó una consulta para usted, y pedían una respuesta pronta". El doctor Mesiano dijo: "El problema de nuestro país es la ignorancia". Le sugerí sin énfasis: "Para un médico no hay horarios". Asintió: "De eso no hay dudas". Y luego denegó: "Pero antes hay que salvar esta noche de mierda".

IX

El doctor Mesiano decidió que los tres tomaríamos whisky, y decidió que ese whisky fuese importado. Aclaró que había que salvar la noche y no fijarse en gastos. Permitió, eso sí, que cada uno decidiera

si le ponía hielo a su whisky o si no se lo ponía. Él
eligió ponerle hielo. Yo elegí no ponérselo. Tuve la
impresión de que Sergio carecía de preferencias, o al
menos las desconocía. Pidió su whisky sin hielo,
probablemente para imitarme a mí, o en todo caso
para diferenciarse del padre.

X

"Doctor", le dije, "se trata de una de esas situaciones que pueden modificarse de un momento para
otro". Se encogió de hombros y dijo: "Así son todas
las cosas en la vida". Le dije: "Hay que tomar una
decisión médica, y precisan su asesoramiento". Dijo:
"El problema de nuestro país es la ignorancia". Le
dije: "No seré yo quien le explique a usted lo que es
el deber, porque es usted quien me lo enseñó a mí".
Me dijo: "En efecto, no será usted quien me lo explique". Le dije: "Pero cumplo en aclararle que yo no
estaría aquí si no pensara que el caso lo amerita".
Asintió, pero dijo: "Antes hay que salvar esta noche
de mierda".

XI

Las comodidades de la habitación súper especial incluían: flamante cama giratoria; decoración de
espejos móviles y luces combinadas; nuevo circuito

cerrado de televisión; aire acondicionado; tres canales de música funcional; nuevo baño con ducha escocesa y bañera de mármol, con chorros de agua y baños de espuma. Incluía el desayuno especial (café con leche, tostados de jamón y queso, jugo de naranja o de pomelo) y, al llegar, una botella de champagne, fría como corresponde, para brindar.

XII

El doctor Mesiano metió un dedo en su vaso y, haciéndolo girar con lentitud, revolvió el hielo. Ese gesto le recordó una anécdota de sus tiempos de estudiante. Estaban en una clase, en la facultad; un profesor de apellido Berti exponía ante una especie de auditorio circular, con un pizarrón ajado a sus espaldas, y adelante el cuerpo de un muerto extendido boca abajo, sobre una mesa. El profesor Berti advirtió a los estudiantes: "Un buen médico tiene que tener dos cualidades fundamentales: poder de resolución y poder de observación". Dicho esto exclamó: "¡Resolución!", y le introdujo al muerto un dedo en el agujero del culo. Con el dedo todavía adentro, levantó la vista y contempló a la clase. Luego extrajo el dedo, lo alzó, y después de alzarlo se lo metió en la boca y lo chupó con una inesperada fruición. Los estudiantes se esforzaron para no fruncir la cara ni gemir de asco. Un cuerpo era una cosa igual que las otras cosas. Terminada la breve operación, el profe-

90

sor Berti eligió a uno de los estudiantes de las primeras filas: "¡Frenkel! ¡Pase al frente!". Frenkel bajó los escalones del auditorio con alguna vacilación y se acercó al estrado. El profesor Berti le ordenó: "Ahora haga lo mismo que hice yo". Hubo un murmullo en la clase y el profesor pidió silencio. Frenkel miró a sus compañeros, esperando una ayuda imposible o tentado de abandonarlo todo. Por fin se decidió: se acercó al cuerpo que estaba sobre la mesa, se arremangó, y demudado le metió el dedo en el culo al muerto. Por un instante se detuvo y pareció pensar que dejar el dedo metido ahí adentro no era la peor alternativa, teniendo en cuenta lo que venía después. Pero en realidad ya no tenía escapatoria, y sólo le quedaba terminar lo que había empezado con tanta dignidad como pudiese. Entonces sacó el dedo del culo del muerto, no quiso mirarlo, y por no arrepentirse se apuró a metérselo en la boca y a darle una de esas chupadas profundas que sólo se dan a los buenos puros. Cuando concluyó, se sintió extrañamente satisfecho, y en el aula flotaba un aire raro en el que se mezclaban la repulsión y la admiración.

"Muy bien", dijo el profesor Berti. "El alumno Frenkel ha demostrado un gran poder de resolución." Frenkel inclinó la cabeza con modestia aparente. "Pero le ha faltado", agregó el profesor Berti, "poder de observación". Y concluyó: "Yo había metido este dedo. Pero me había chupado este otro".

XIII

"Doctor", le dije, "de buen grado yo habría esperado hasta mañana, si no fuera porque me insistieron en que el caso tenía urgencia". El doctor Mesiano dijo: "Hoy por hoy, todos los casos tienen urgencia". Le dije: "Me advirtieron que, si no me apuraba, podía haber un desenlace". Me dijo: "Yo no le hice ningún reproche, así que se puede quedar tranquilo. Lo que sí le exijo es que se calle la boca de una buena vez". "Sí, doctor", le dije. Y él dijo: "Yo sé lo que tengo que hacer".

XIV

Las habitaciones exclusivas tenían, cada una, un decorado especial. Eran tres en total. La primera reproducía un estudio de cine: había focos como en un set, cámaras de filmación y una silla de director. La segunda representaba una escena de caza, con mucha vegetación artificial, pieles de tigre y de leopardo colgadas aquí y allá, y una escopeta con mira telescópica (la escopeta era falsa, pero la mira no). La tercera era un gimnasio: por todas partes tenía pesas y aparatos de ejercicio, y además una bicicleta fija, y al lado una bolsa de arena de esas que usan los boxeadores para entrenarse.

XV

"Ya vengo", dijo el doctor Mesiano. Se levantó y fue hasta la barra. En la barra lo vi pedir el teléfono y hacer un llamado. Bajaron el volumen de la música mientras duró su conversación, lo que demuestra el respeto o la estima que le tenían en ese lugar.

En la mesa se hizo un silencio. Por no saber mantenerlo, le pregunté al hijo del doctor Mesiano: "¿Fue difícil el partido? ¿Quedamos lejos del empate?". "No sé", me dijo él, "el fútbol no me gusta, y no lo entiendo".

XVI

Se ingresaba por una calle y se salía por la del lado opuesto. Contaban con un novedoso portón de apertura eléctrica. La única entrada que había era para autos, porque no se esperaba que acudieran clientes a los que el auto les faltara.

Los pibes del barrio se habían hecho la mala costumbre de esconderse en las inmediaciones para espiar a las parejas que llegaban o se iban. El gerente del establecimiento, de nombre Oscar, se encargó de alejarlos para siempre: salió una noche y les hizo ver que tenía un revólver en la cintura del pantalón, y los pibes del barrio no volvieron a aparecer.

XVII

El doctor Mesiano volvió a la mesa y con un gesto cómplice nos señaló: "Ahí están las chicas". Se trataba de tres mujeres de mediana edad, a ninguna de las cuales yo le habría llamado chica. Nos vieron mirarlas y sonrieron. Una sola de las tres me pareció que no era del todo fea, y no fue la que me tocó en suerte.

Antes hubo que invitarlas a tomar algunos tragos. Las tres pidieron cointreau: les encantaba, y se notó, pronunciar esa palabra.

XVIII

El doctor Mesiano dijo: "El problema de nuestro país es la ignorancia. Pero no la ignorancia de los ignorantes: ésa está en los cálculos y es funcional. El problema de nuestro país es la ignorancia de los que estudiaron y se supone que tendrían que saber".

XIX

Me tocó una habitación de las consideradas estándar. Pero, francamente, yo no tenía de qué quejarme, y aquello del caballo regalado es una verdad que nunca se me olvida. El número de la habitación era el doscientos dos. Era un número capicúa: eso me pareció un signo de buen augurio, y en cierto modo lo fue.

Cinco

I

Él no tiene el aspecto de un marido, ni ella el de una esposa; pero él es el marido, y ella es la esposa, y tan sólo el amigo de visita parece un amigo de visita. Puede que ese amigo de visita haya llegado temprano, o que al marido se le haya hecho tarde; en todo caso, no es eso lo que importa. Hay que esperar y hace muchísimo calor. Se trata de una de esas veces en las que incluso lo más distante de pronto resulta estar muy cerca. Deben sentir una especie de impulso, pero tampoco parece ser un impulso lo que los gana; la esposa y el amigo del marido, que todavía no llega, proceden con excesiva soltura para considerarlos desbordados. Más bien se entregan a una extraña fatalidad: que pase lo que tiene que pasar. Con esa resignación, o con el automatismo de la costumbre, ella está de pronto sentada encima de él. El amigo del marido quiere mostrar sorpresa, no hacia la esposa del amigo, sino en general, porque lo que se espera de él es que la situación lo sorprenda. Pero el tedio o la indolencia pesan más en su semblante que la sorpresa que dice tener.

También la llegada del marido, aunque no sea exactamente una llegada imprevista, se supone que los sorprende, y tanto más se supone que lo sorprende al marido el cuadro con que se encuentra en el living de su propia casa.

—Veo que se divierten —dice.

La traición es doble, pero el enojo no dura. De un modo bastante argentino, el marido resuelve que la culpa la tiene la mujer.

—Esta zorra va a tener su merecido —dice.

Sin perder cierto aire ausente se agrega el marido a la escena, sellando de tal forma una amistad.

II

La que a mí me tocó en suerte tenía en la boca un tic muy notorio, y hasta después de que pasó un buen rato, no pude dejar de mirarle siempre esa parte en la que el labio repetía una torsión inmotivada. Luego ella empezó a reírse a cada momento, exagerando la risa tanto como los motivos por los que decía reírse; al menos, con el visaje de las risas, el tic se le esfumaba.

"¿Cómo te llamás?", le dije. No estoy seguro de que, en un encuentro casual en una calle de la ciudad, la hubiese tuteado, pero aquí no cabía otra posibilidad. "Me llamo Sheila", me dijo. "No", le dije, "yo te pregunto cómo te llamás de veras". "Me llamo Sheila, de veras", dijo. "Yo te pregunto tu nombre auténtico", insistí. "Me llamo Sheila", dijo ella, "y no tengo nombre auténtico".

III

—La muy puta no va a olvidarse de la lección que le hemos dado —dice el marido.

Detrás la mujer se palpa, dolorida.

—Si alguna vez quiere olvidarla —dice el amigo—, el cuerpo se la va a recordar.

IV

En el flujo continuo de las calles y de las casas, se hacía difícil pensar que se trataba de ciudades distintas. Avellaneda, Banfield, Quilmes, Lanús, Gerli, Remedios de Escalada: uno pasaba de una a otra como quien se mueve dentro de una misma ciudad, sin fronteras o separaciones apreciables. Parecían barrios de una ciudad, y no ciudades cada una de ellas. Pero el que pertenece sabe, sabe que una avenida determinada separa lugares bien distintos, y que haber nacido de la avenida para acá no es lo mismo que haber nacido de la avenida para allá, o que haber nacido de la vía para acá no es lo mismo que haber nacido de la vía para allá.

El doctor Mesiano no era de esa zona, pero sabía. No precisaba vivir o haber vivido en ninguno de esos sitios para evitar la simplificación de tenerlos a todos por un mismo suburbio, a todos como una misma periferia indeterminada. Sus razones eran, ante todo, de orden administrativo: no le importaba distinguir ciudades ni le importaba distinguir barrios dentro de una ciudad; sí precisaba distinguir jurisdicciones, porque cada jurisdicción definía una competencia, y cada competencia, una responsabilidad.

Así, las jurisdicciones ponían orden en los acontecimientos: no había hecho alguno que quedara fuera de ese orden, y de él obtenía su significación.

V

Todo en ese lugar era puro artificio, pero no el cuerpo accesible de la mujer desnuda. No el cuerpo desnudo que se extendía para quedar a disposición. Un cuerpo desnudo que se entregaba sin reservas ni reticencias. Y sin embargo, de ese cuerpo desnudo, de esa mujer desnuda, no había manera de obtener una verdad. Se podía hacer lo que uno quisiera con el cuerpo resignado, excepto sacarle algo que a las claras mostrara que era una expresión de autenticidad, y no un ardid o un fingimiento.

VI

A simple vista podía apreciarse una mera sucesión de paisajes siempre iguales, pero en el fondo no era así. Cada porción de suburbio tenía sus campos y sus descampados, sus propios centros, sus propios pozos, y su lugar en el mapa. No se trataba exactamente de un mapa como el que uno podía plegar y guardar en la guantera del coche, sino de un mapa que alguien como el doctor Mesiano, que sabía organizar, tenía siempre en su cabeza.

VII

Para sugerir que me distinguía con un trato especial, me dijo que yo sí podía pedirle lo que quisiera. Dio a entender que era un derecho al que no todos tenían acceso, porque aclaró: "Por ser vos". Entonces yo le dije que le pedía una sola cosa: que no fingiera. Ella se rió, me miró de arriba abajo y dijo: "Con vos para qué". Yo quería creerle, y no podía.

VIII

En mi ignorancia, apenas si alcanzaba a saber que Quilmes, además de una localidad del sur, era un equipo de fútbol de camiseta blanca y negra, y una cerveza que la mayoría de la gente encontraba preferible a la cerveza Bieckert. El doctor Mesiano, en cambio, aparte de eso, sabía la historia. Los quilmes eran unos indios del norte del país a los que habían trasladado, por la fuerza y de a pie, hasta esta región por entonces deshabitada. El clima aquí reinante les resultó muy desfavorable: el frío húmedo de sus inviernos era cosa que desconocían. Tal mortificación se agregó a los padecimientos del traslado, que los había dejado maltrechos. Así fue que perecieron, todos sin excepción, los indios quilmes. Pero la ciudad ahora llevaba su nombre, para que no fuera a perderse del todo su memoria, y ese nombre pasó de la ciudad a la cerveza y de la cerveza al cuadro de fútbol, de manera que nadie podía no haberlo oído mencionar al menos alguna vez en su vida.

IX

Yo hubiese querido entender que todo entonces era falso, que no había nada que dejara de serlo. Pero tampoco parecían ser así las cosas. En todo caso había una parte de verdad y una parte de falsedad en lo que pasaba, aunque más no fuera una pequeña parte de verdad y una gran parte de falsedad; y yo no acertaba a establecer cuáles eran esas partes, cuándo empezaba una cosa y cuándo cesaba la otra. No importaba cuán a mi alcance estuviera el cuerpo de esa mujer imprecisa: su verdad, si es que la tenía, se me escapaba.

"Las partes y el todo", decía siempre el doctor Mesiano. El mapa separaba y distinguía zonas diferentes, postulando nombres y bordes infalibles, pero también unía esas diferentes zonas y las ponía en relación. De allí la importancia de quienes, como el doctor Mesiano, estaban facultados para moverse de un lado al otro, porque podían desplazarse y hacer traslados.

El doctor Mesiano opinaba que los traslados constituían un aspecto fundamental en el funcionamiento del sistema, y ésa era la enseñanza que extraía de la historia de los indios quilmes, una historia que ahora repasaba porque era a Quilmes, justamente, adonde teníamos que ir.

XI

Es un camino que sube y baja en suaves ondulaciones, pero que, en este tramo por lo menos, no presenta ninguna curva. En sus bordes crecen arboledas desparejas; despareja es también la sombra que ofrecen, y por lo que se ve, ningún lugareño la juzgó bastante para erigir una casa a la vera de la ruta. Nadie vive en esta zona y, en principio, nadie la transita. Hasta que, en un momento determinado, a lo lejos aparece una silueta. Tenemos que esperar un poco para entender la razón de la velocidad con que progresa: lenta para ser un automóvil, pronta para ser alguien de a pie. Se trata de una muchacha que viene en bicicleta. A juzgar por la vestimenta que luce, sus años no son muchos, y tan sólo el somero desgano vital que se adivina en su mirada desmiente esa impresión. Sin duda, las bajadas del terreno le conceden la dicha de acelerar sin esfuerzo, pero en compensación las subidas, que no son menos, la exigen y la agotan. Por eso se la ve refunfuñar acalorada. Su mayor dificultad, sin embargo, todavía está por acaecer. Acaso un pedazo de vidrio, acaso una piedra con punta, acaso un clavo que de alguna manera vino a parar ahí, pincha su rueda trasera. La muchacha se detiene y se baja de la bicicleta. Maldice sin excesos su falta de fortuna y se pregunta en voz alta si alguien aparecerá para ayudarla en este camino tan solitario.

No termina de decirlo, y se escucha a lo lejos el motor de un camión. ¿Se engaña o ha tenido un golpe de suerte? En efecto, ha tenido un golpe de suerte: un camión se acerca. Ella le hace señas inconfundibles, y el camión se detiene a un costado del camino. Es un camión del ejército y transporta a cuatro soldados (cinco, si se cuenta al que maneja, y el que maneja debe ser contado). Con toda inocencia, es decir, con toda la inocencia de la que es capaz, la muchacha les informa sollozante el problema que ha tenido. Los cinco soldados la miran y luego se miran entre sí. Le dicen que con todo gusto van a ayudarla a reparar su bicicleta. Vemos que también ellos son jóvenes y están bastante sudados. El problema, desde su punto de vista, no tiene mayor gravedad. De buena gana van a llevarla hasta una estación de servicio que no dista más de diez minutos, y allí será muy simple reparar la pinchadura.

—Claro que antes —dice uno— podemos quedarnos por aquí y divertirnos un poco.

Sólo a la muchacha se le pasa por alto, o al menos eso aparenta, la evidente malicia que contiene la frase. De alguna manera entendemos, sin precisar que ninguno lo explicite, que estos soldados tan jóvenes como vigorosos hace un largo tiempo que no ven a una mujer. A la vez se espera que creamos, por mucho que algo de su aspecto en el fondo lo desmienta, que la muchacha de la bicicleta en su corta vida aún no ha conocido varón.

A un costado del camino, pasando una hilera de árboles torcidos por el viento, hay un claro. Hasta ese claro llegan los seis personajes de esta historia.

—¿Un picnic en la campiña? ¡Vaya si es divertido! —la muchacha, al parecer, no sabe lo que le espera. En su expresión hay algo que se resiste a la candidez, incluso cuando se muestra inocente y engañada. Los soldados la rodean y la observan con lascivia. Ella adopta el mismo gesto compungido que le vimos en el momento en que descubrió que la rueda de su bicicleta se había pinchado.

—Puedo caminar yo sola hasta la gasolinería —dice—. Déjenme ir.

XII

Las estaciones de tren son como hitos que seña-
lan cada lugar, cada ciudad, y a la vez son el foco
irradiante, el punto de origen por el que empezó
cada ciudad. Pero desde el tren no se sabe dónde
empiezan o terminan esas líneas de irradiación. Y los
esquemas del doctor Mesiano no admitían impre-
cisiones: los límites de cada área, que eran a su vez
los límites de cada jurisdicción, tenían que ser sumamente exactos, porque de la autoridad y de la responsabilidad podía decirse lo mismo que otras veces
se acostumbra a decir de la libertad: que la de cada
uno termina donde empieza la del otro.

Tal vez por eso mismo no usábamos el tren: íbamos y veníamos, por Mitre o por Pavón, con nuestro
Ford Falcon; si había carga podían emplearse las
F100, que en una publicidad se habían mostrado ca-
paces de soportar el ser soltadas desde un avión, o
eventualmente unos camiones formidables de la
Mercedes Benz, que yo jamás tuve ocasión de manejar.

XIII

Me dijo agitada que nunca nadie la había hecho
gozar así. "Me estás mintiendo", le dije. Me juró
que estaba diciendo la verdad, la pura verdad, me
juró por la salud de su madre que lo que decía era

verdad, la pura verdad. "Me estás mintiendo", le dije.

XIV

Dos soldados la sujetan de las manos y otros dos la sujetan de los pies. Ella un poco forcejea, pero pronto se resigna a que no tiene manera de escapar. Hay que ver con qué facilidad la ropa se le desprende: unos rápidos manotazos alcanzan a desnudarla. En cierto modo entendemos que ese cuerpo tan inmediato no habría de resistirse de veras, si bien la muchacha todavía está pidiendo a los soldados que la dejen ir.

La escena transcurre al aire libre y el sol cae directamente sobre los cuerpos desnudos. De fondo se oyen los ruidos del campo. La ruta ha quedado bastante lejos de esta escena, o por lo menos no les entrega ninguna señal a la distancia. Están completamente solos y aislados, en esta porción del mundo agreste, los soldados y la mujer.

El procedimiento es sin duda el más obvio, pero también el más eficaz: mientras cuatro se ocupan de aferrar a la muchacha por las extremidades, el que sobra se abalanza sobre ella. Después se produce una variante ligera, o no tan ligera: son tres los que la contienen, confiando en que disponer apenas de una mano libre o un pie libre de nada le servirá, y son dos los que gozan a un mismo tiempo de ella.

Cada tanto volvemos a ver, tan en detalle como

lo vemos todo, la cara de la muchacha. Tal vez todavía se queja, o tal vez ya no. Hay algo en ella de inexpresivo que nos impide saber a ciencia cierta si en todo este asunto sigue padeciendo o si algo existe ya del sentimiento inverso. Seguramente no es eso lo que más importa en la historia.

XV

Ella había dicho que yo, por ser yo, podía pedirle lo que se me diera la gana. Entonces yo le pedí que fingiera. Al principio no entendió. La até a la cama con dos medias y dos fundas. La até de veras: no podía moverse. Le pedí que fingiera que se quería ir. Le pedí que fingiera el disgusto y el horror; le pedí que de veras intentara zafarse de las ataduras, porque yo sabía que no podría zafarse de las ataduras aunque quisiera.

En efecto: quiso y no pudo.

Gemía: "Me hacés mal", y entonces yo tuve, debo confesarlo, mi mejor noche: la noche de la cifra mítica. Una marca que nunca hasta entonces había conseguido, y ya no creo que vuelva a conseguir.

XVI

Es un misterio cómo, si la ropa se la arrancaron a jirones, la muchacha aparece vestida otra vez igual que estaba al principio. La cargan en la parte de atrás del camión. Allí viaja, se supone que hacia la estación de servicio, junto con su bicicleta averiada.

—La rueda van a emparcharla —reflexiona la muchacha—, pero estos tíos me han dejado tan pinchada que a mí no habrá quien me emparche.

XVII

Mientras gimió no me resultó ni persuasiva ni convincente, pero empecé incluso a creerle cuando en medio de extraños temblores exclamaba: "Me estás matando, mi soldadito, me estás matando, no ves mi soldadito que me matás".

XVIII

"En nuestro país", decía siempre el doctor Mesiano, "ganaron los unitarios, y no importa que digamos república federal". Por eso ahora, camino al sur, decía: "Quilmes es Quilmes, pero por encima de Quilmes está La Plata, y por encima de La Plata, está la Capital".

S/N

I

En los bordes del cielo empezaban a notarse, confundidos todavía con la oscuridad del resto, los primeros indicios de que iba a clarear. Por el espejo retrovisor, con el ritmo de los intervalos de las luces de la avenida, vi otra vez el tic en la boca de la mujer que me había tocado en suerte: me pareció que estaba peor que antes.

II

Por el costado se entraba al garaje. Hubo que esperar a que abrieran un portón azul bastante pesado. El portón corría por un riel. Pensé que iba a chirriar, pero no chirrió.

III

Torciendo un poco, siempre por el espejo retrovisor, alcancé a ver al hijo del doctor Mesiano, que también viajaba atrás. Miraba por la ventanilla hacia afuera. No miraba ninguna cosa en particular, pero lo hacía con gran fijeza. Tocaba el vidrio con los nudillos de una mano apretada. Iba mordiéndose los labios.

IV

El acceso principal quedaba a la vuelta, por la calle Allison Bell. Bell era, si no me equivocaba, el inventor del teléfono. Supuse que Allison habría sido su mujer, o en todo caso su hija. Recuerdo que pensé: detrás de todo gran hombre, hay una gran mujer. Pero probablemente no eran ésas las razones que justificaban el nombre de la calle.

La puerta del acceso principal, por la calle Allison Bell, no tenía número.

V

"Jamás hay que olvidarse de cuidar bien el lenguaje", dijo el doctor Mesiano. "Y en esta ocasión, el doctor Padilla no ha sabido cuidar el lenguaje en la forma debida."

VI

Paramos en la esquina de la calle Republiquetas. El doctor Mesiano me pidió un cospel para el teléfono público. Busqué en mis bolsillos, le di dos, y él bajó a hacer una llamada. Lo esperamos en el auto sin que nadie hablara. Yo sentía el golpeteo suave de los nudillos contra el vidrio, era el hijo del doctor Mesiano. En la esquina había una heladería que no abriría hasta setiembre u octubre. Hacía mucho frío en esta época del año, y mucho más a esta hora de la madrugada.

Era raro ver asomar las piernas del doctor Mesiano, el pantalón oscuro y los zapatos al tono, por debajo de las estridencias de la cabina anaranjada.

VII

En la planta baja había una cocina, y sobre la mesa de la cocina había un paquete abierto de medialunas. Por cierto, no nos convidaron; aunque presiento que, de todas formas, nos habríamos rehusado a comer alguna.

VIII

Dijo el doctor Mesiano: "Mi pobre hermana buscó, buscó y buscó, tenés que ver cómo buscó, y no

111

hubo caso. No le quedó especialista por consultar, ni método por probar, y no hubo caso".

Ya íbamos solos en el auto, saliendo de Buenos Aires. El doctor Mesiano dijo: "Y estas conchudas hijas de puta, en cambio, que ni casadas están, tienen cría como conejas".

IX

¿Y si de repente caía sobre la trinchera, en plena noche, un disparo de mortero? En las noches todo pasa de repente. ¿Y si el disparo malhería a un compañero en la trinchera? Así son las cosas de arbitrarias: juntos dos soldados, pegados uno al lado del otro; uno queda ileso y el otro malherido. ¿Y si el disparo le dio de lleno en las piernas, por ejemplo, y le arrancó de cuajo las partes que van de la rodilla al pie? Así es de frágil el cuerpo humano: donde había pierna y pie, o la mano con sus dedos, donde había un muslo, un codo, un hombro, de pronto no hay nada. ¿Y si justo en ese momento la orden era replegarse? Una orden jamás se desacata, pero tampoco se la piensa, ni se la pone en duda. ¿Y si justo en ese momento la orden era replegarse, y al compañero le estaban faltando las piernas? Dejarlo en la trinchera es entregarlo a manos del enemigo. ¿Y si el enemigo conocía la forma de interrogar a un prisionero? Arrastrarlo en el repliegue es poner en peligro a la compañía en su conjunto. ¿Y si por moverse con paso

112

lento el grupo quedaba bajo la línea de fuego? No se trata de una fuga, se trata de un repliegue estratégico, pero los repliegues estratégicos deben efectuarse igualmente con la mayor celeridad, amén del mayor orden. ¿Y si el compañero de trinchera fuese, además de eso, un amigo muy querido? El tiempo largo y la inquietud promueven tales afectos. ¿Y si el pulso temblara en el momento exacto de darle un tiro en la nuca al amigo muy querido? Es preciso tener siempre, al igual que los cirujanos, el pulso bien firme.

"No hay guerra sin crueldades", decía siempre el doctor Mesiano.

X

Una de las mujeres expresó, con el énfasis del caso, que el hijo del doctor Mesiano había resultado un verdadero tigre. Dijo así: "Un verdadero tigre". Hubo alguna efusión más, alguna otra exclamación. Pero el hijo del doctor Mesiano miraba con fijeza hacia afuera, golpeando sin fuerza con los nudillos el vidrio, y se mordía los labios como si fuera a lastimarse.

XI

En el horizonte más bien plano de los edificios de Quilmes, incluso del centro de Quilmes, este edificio, sin ser alto ni mucho menos, podía llegar a destacarse. No era alto ni tampoco era vistoso: apenas contaba con cinco plantas y su aspecto exterior se afeaba con la insípida impersonalidad que es propia de las dependencias estatales. Pero aun así, en el paisaje modesto de los chalecitos y de los monoblocks, este edificio podía llegar a llamar la atención. No era eso, sin embargo, lo que ocurría.

XII

"Hay días que un hombre no va a olvidarse en toda su vida", dijo el doctor Mesiano.

Su hijo miraba y miraba todo el tiempo hacia afuera, como si pudiera, con la mirada, golpear el vidrio de la ventanilla, igual que lo estaba haciendo con el borde de los dedos de la mano.

XIII

En otro tiempo podía considerarse que un tanque era prácticamente invulnerable. Pero después dejó de serlo: si se daba en el blanco del modo adecuado y en el momento exacto, un determinado proyectil podía llegar a dar vuelta un tanque, incendiarlo, hacerle un boquete, inutilizarlo para siempre. Sin duda era ese progreso tecnológico lo que había inducido a la búsqueda de nuevos métodos defensivos. El más sencillo, pero también el más práctico, consistía en tomar a algún prisionero que perteneciera a la fuerza enemiga, y atarlo de pies y manos en la parte más expuesta del tanque, esto es, en su parte frontal. La idea era que los agresores del tanque se sintieran inhibidos de hacer fuego, puesto que si bien había una posibilidad eventual de ocasionar daños al tanque, la muerte del prisionero, a manos de sus propios camaradas, era en cambio un hecho indudable.

"Hay que pensar que un prisionero ya es un muerto", decía el doctor Mesiano, y de esa manera se evitaba sucumbir a la extorsión psicológica que ejerce el que se vale de un escudo humano. "Hay que pensar que ya está muerto desde el momento en que cayó en poder del enemigo", decía el doctor Mesiano. Esa disposición era la más efectiva, tanto con los prisioneros que se tomaban como con los prisioneros que tomaban los otros. Así tiene que pensar el que ata a un hombre en la parte delantera de un tanque para cruzarlo en la línea de fuego. Y así tiene que pensar el que está apuntando hacia ese objetivo y sobre él distingue a un hombre que chilla espantado sin poder moverse ni protegerse ni escapar: incluso cuando alcance a detectar el pánico en sus ojos, incluso cuando crea reconocer ese rostro distante y recordar su manera de fumar en una noche de insomnio en el cuartel, tiene que apretar los dientes y disparar, con la misma indiferencia con que se le dispara a un cadáver.

XIV

En el entrepiso estaban las oficinas. El trabajo de oficina es siempre el más tedioso, el más mecánico, el más repetitivo, el más impersonal. Hasta el sonido del tecleo de los que escriben a máquina parece distinto. Sobre los escritorios se apilan las planillas de puntas dobladas, y es raro que en los estantes dejen de torcerse los grandes biblioratos de color indefinible. Siempre hay alguien que para matizar enciende una pequeña radio portátil y sintoniza alguna audición de tango, pero esa radio siempre tiene interferencias y se mezcla, convertida en ruido, con el ruido de las máquinas de escribir. Las perforadoras de papel se usan para sujetar cosas encima de los escritorios; ningún cuidado alcanza para evitar que de alguna manera se escapen los pequeños redondeles de papel cortado de su interior y acaben por diseminarse en cada rincón y en cada juntura.

Así son, aproximadamente, todas las oficinas, y así eran también las oficinas en este lugar.

XV

"Las guerrilleras se hacen preñar a propósito", dijo el doctor Mesiano, "porque piensan que si están preñadas no las vamos a tocar". Bajó la ventanilla y escupió con energía sobre el empedrado: no tenía esa costumbre, pero las personas no siempre actúan de

116

acuerdo con sus costumbres. Estaba fastidiado. Le parecían más dignas las pobres putas de Vietnam, que se infestaban a propósito para después contagiar a los soldados enemigos. En eso al menos se apreciaba alguna forma de entrega, un sacrificio, incluso, si se quiere, una inmolación. "Estas cretinas, en cambio", decía el doctor Mesiano, "se hacen preñar por pura cobardía, y nos obligan a nosotros a combatir en condiciones tremendas".

XVI

Las tres mujeres se despidieron con ademanes excesivos y exclamados pedidos de reencuentro. Las dejamos en el mismo bar de copas de la noche anterior. La notoria efusión de sus adioses resaltó, por contraste, la retraída sequedad del hijo del doctor Mesiano: lo dejamos un rato después en la puerta de su casa y se fue sin saludar; sin saludar o saludando apenas, si es que se trató de un saludo el gesto desvaído que hizo alzando un poco la mano, creo que en dirección a mí.

XVII

Pasando las oficinas, pero siempre en el entrepiso, estaba también el depósito. En el depósito había, entre otras cosas, dos televisores, uno grande y uno chico, cada uno con su antena (el chico tenía un celofán amarillo pegado sobre la pantalla, para dar sensación de color a las imágenes); un equipo de radio y pasacasete (radio AM/FM y onda corta); una afeitadora Philishave; dos tocadiscos estereofónicos; una pila de pantalones de varón y una pila de pantalones de mujer (la mayor parte, en una y otra pila, eran pantalones vaqueros); algunas zapatillas, no sé si todas con su par correspondiente; algunas botas de cuero o de gamuza; un ventilador Yelmo (con rotor); una linterna a pilas con dos intensidades de luz. Había también una serie de cajas de cartón. En una caja había relojes; en otra había un montón de anillos y pulseras, cadenitas y medallas; en otra había encendedores y lapiceras; en otra había anteojos (casi todos, aunque no todos, anteojos de sol). Contra una pared se sostenían dos ruedas de auto: una más nueva, aparentemente sin uso, y la otra ya casi lisa y sin dibujos, desaconsejable sobre todo en días de lluvia.

XVIII

Las sifilíticas voluntarias al menos ofrendaban su vida: cumplían, a su modo, el juramento sagrado de dar la vida por la patria. Nadie ignoraba, y mucho menos las putas, que después de pasarles pestes y chancros a los enemigos, a ellas mismas les aguardaba una misma muerte, la rociadura con cal y la fosa

118

común. Pero lo hacían y morían con la conciencia en paz por el deber cumplido.

"Estas conchudas, en cambio", decía el doctor Mesiano, "se hacen preñar por cualquier pelotudo, porque una vez preñadas se sienten fuertes, invulnerables. Preñadas o madres, se creen el soldado perfecto, pretenden que nadie las pueda tocar".

Claro que el arte de la guerra consiste justamente en eso: en detectar la mayor fuerza con que cuenta el enemigo, para convertirla en su mayor debilidad.

XIX

En el primer piso había otra cocina, un poco más amplia, un baño, un comedor, un patio, unas salas de trabajo. En los últimos pisos estaban esos largos corredores oscuros, cada uno con un guardia; a cada lado había unas ocho o diez puertas de metal, puertas grises y opacas, doblemente clausuradas con llave y con cerrojo, que de no ser por una ínfima abertura ranurada que servía para ver sin ser visto, habrían conseguido parecerse al muro que las conectaba.

En el tercer piso se encontraba también un patio, casi idéntico al que habíamos visto en el primero. En ese patio, que no daba a ninguna parte, fumaba impaciente el doctor Padilla.

XX

¿Qué puta no sabe que su cuerpo no es suyo? Así razonaba el doctor Mesiano. Una puta entiende que su propio cuerpo no le pertenece, o por lo menos, que no le pertenece del todo. El enfermo terminal consigue, aunque muy por otro camino, arribar a esa misma certeza. Hay algo en su cuerpo que ya no tiene nada que ver con él. Por eso estas personas se entregan tan dócilmente, a los clientes en un caso y a los médicos en el otro: porque dan su cuerpo sin darse ellos. Así razonaba el doctor Mesiano, y sostenía que al llegar a ese estado las personas adquirían, paradójicamente, un poder muy particular. De alguna manera lograban una prodigiosa afinidad con lo que pasa en una guerra. Porque en una guerra los cuerpos ya tampoco son de nadie: son pura entrega, son puro darse a una bandera y a una causa. Así razonaba el doctor Mesiano: cuando en la guerra se acciona sobre un cuerpo, se está accionando sobre algo que ya no le pertenece a nadie. De ahí su interés por las putas de Vietnam, que habían llegado a ser, a un mismo tiempo, y maravillosamente, prostitutas, enfermas terminales, instrumentos de guerra.

Dos trescientos

I

En una de las salas del primer piso, había una balanza. No era una de las modernas, las que marcan el peso con una aguja en un visor. Tenía una pesa de metal que había que deslizar en una barra, y que indicaba el número correspondiente cuando la barra quedaba en suspenso. Por supuesto, lo que esa balanza perdía en modernidad, lo ganaba en precisión.

II

"Lo esperaba, doctor Mesiano, con bastante ansiedad, porque tengo acá a una piba en el borde entre la vida y la muerte."

"¿De qué borde me habla, doctor? Por favor le pido: no me haga frases."

"En buen criollo, doctor: está hecha bolsa. Y en mi opinión ya no resiste ni una pregunta más. Incluso, si no se actúa con rapidez, puede que la perdamos."

121

"¿Que la perdamos, dice?"

"Que la perdamos como fuente de información, claro. A eso me refiero."

III

Para tomarse el peso en una de estas balanzas, hay que pararse erguido, con los pies juntos, quedarse quieto, y dejar que el médico desplace la pesa por la barra hasta encontrar el punto exacto, que es cuando la barra no toca su sostén, ni arriba ni abajo.

IV

"Todos los métodos fallaron con esta piba. Se la ve muy preparada. Pero tenemos al chiquito."

"El chiquito, sí. Es una posibilidad."

"No lo tome a mal, doctor Mesiano, pero francamente la demora suya ha estado a punto de poner en riesgo este recurso."

"Explíquese mejor, doctor. Qué me quiere decir."

"Con todo respeto, doctor Mesiano, no vaya a tomarlo a mal, pero lo estamos buscando desde la tarde de ayer... La piba aguantó de milagro."

"En primer lugar, doctor, yo no creo en milagros. Y en segundo lugar, si me permite decirlo, más grave que mi demora es su ignorancia."

122

"Doctor Mesiano: no discutamos esto delante del conscripto."

"El conscripto, doctor, como usted bien dice, tiene mi entera confianza."

"Doctor Mesiano, le pido: no discutamos esto delante del conscripto."

V

Si se quiere establecer el peso exacto de una persona, es preciso mover la pesa con gran suavidad, sobre todo en la parte final de la medición. Es un movimiento casi delicado de los dedos del médico, que debe tener, también para esto, un pulso calmo y firme.

VI

"Más grave que mi demora es su ignorancia, doctor."

"La nuestra es una profesión en la que nunca se deja de aprender."

"Hablo de ignorancia, doctor, no de perfeccionamiento."

"Sería mejor que el conscripto se retire y hablemos a solas usted y yo."

"Su ignorancia, doctor Padilla. ¿A quién se le ocurre que lo que cuenta en esto es la edad? ¿Qué pensaba? ¿En la maduración afectiva? ¿En el desarrollo psicomotriz? Aquí lo que cuenta es la masa corporal, doctor. Vea lo imprecisa que era su pregunta."

"No discutamos esto delante del conscripto, doctor, aunque usted le tenga confianza."

"Es el peso lo que importa, y no la edad. Hasta un estudiante de medicina lo hubiese sabido."

VII

La balanza tiene un límite máximo de capacidad: son los ciento cincuenta kilos. Por encima de ese límite, no solamente no marca, sino que puede llegar a estropearse su mecanismo.

VIII

"Yo estoy perfectamente dispuesto a admitir mis errores, doctor Mesiano. Pero preferiría mantener una conversación privada."

"El suyo es, fundamentalmente, un error conceptual. Al pensar en la edad ha pensado en el grado de crecimiento de una persona. Y no es la edad de la persona lo que cuenta, sino su masa corporal, el peso de su cuerpo, para saber si se trata de un cuerpo resistente o no."

"Entiendo mi error, doctor Mesiano, y me disculpo; no se irrite conmigo."

"Lo que me irrita es la ineptitud."

"Si el conscripto se retira, vamos a poder resolver este asunto con mayor tranquilidad."

IX

La balanza tiene también un límite mínimo de capacidad: por debajo de los cinco kilos, no pesa. Por supuesto, en esto no hay peligro alguno de roturas o descompensaciones. Se trata meramente de una cuestión de sensibilidad.

Pasa un poco como con esos sonidos que son demasiado leves, o que están en una frecuencia demasiado baja: un perro puede percibirlos, y un hombre no.

X

"Lo tenemos retenido todavía acá, justamente para resolver este asunto. Usted puede verlo cuando quiera."

"Usted lo ha visto."

"Claro que lo he visto."

"Hable como médico. ¿Cuál es su opinión?"

"Yo lo veo menudito."

"Hable como un médico, Padilla. Usted lo ha sujetado, supongo."

"Sí, lo he sujetado."

"¿Y qué peso le calcula?"

"Para mí, no llega a los tres kilos."

"¿Y qué peso exacto, qué peso exacto, doctor, le calcula usted? Hable como un médico."

"Antes, que se vaya el conscripto."

"¿Qué peso exacto le calcula?"

"Yo diría: dos kilos y medio. O quizá menos."

"Sea preciso, doctor. No revolee cifras. Hable como un médico."

"Yo diría, déjeme ver. Yo diría: dos trescientos."

"¿Nada más? Qué pena: es muy chiquito."

"Seguramente es como usted dice. Pero yo no sigo esta conversación si el conscripto no se va de acá."

XI

Las balanzas de mayor capacidad de medida cumplen funciones comerciales. Son las que se emplean para controlar los camiones de carga. Pueden encontrarse en los puertos, por ejemplo, o al costado de algunas rutas. Miden en toneladas, no ya en kilogramos, lo cual sirve para dar una idea del porte de lo que pesan.

XII

"La madre seguramente no ha estado teniendo una alimentación de lo más adecuada en el último tiempo, ni tampoco la ha tenido el chiquito."

"Dadas las circunstancias."

"Dadas las circunstancias, claro. Pero a veces los chicos nacen más robustos."

"A veces, sí, nacen chicos más robustos."

"No ha sido el caso."

"No ha sido el caso, no."

"Es una lástima."

"Lástima también que no nos dé el tiempo para esperar a que el chico crezca."

"Así es la cosa, doctor. El tiempo es algo que no está a nuestro alcance manejar."

XIII

Las balanzas que pueden registrar los pesos más leves y los matices más pequeños son las de los joyeros. Son balanzas tan sensibles que un gramo de más o un gramo de menos representan una diferencia apreciable. Al igual que en el caso de las balanzas que registran grandes pesos, estas otras responden también a determinados requerimientos comerciales.

XIV

"A la piba no le vamos a meter presión con dos cachetazos bien dados. Eso, doctor, se lo puedo asegurar."

"Habría que pensar en una intervención un poco más significativa."

"Yo diría que sí."

"Pero, en fin, doctor Padilla. Cualquier otra intervención demanda cierta masa muscular, cierta tonicidad, cierta constitución ósea, cierta capacidad pulmonar, en fin, lo que usted ya sabe. Y al parecer no contamos con eso."

"Yo sugiero que el conscripto se retire y usted pase a efectuar su propio examen de la cuestión."

"Como le parezca, doctor. Como le parezca. Pero desde ya le adelanto que con dos kilos trescientos no tenemos ni para empezar a hablar."

XV

Es que las balanzas surgen originalmente con fines comerciales. Sobre todo cuando las transacciones se hacían sobre la base del peso del oro. De ahí viene la frase que dice: "Vale su peso en oro". Aquellas balanzas eran las que tenían dos platillos: en uno se ponía una cantidad de oro cuyo peso se conocía de antemano, y en el otro la mercancía cuyo peso se quería conocer. Ese tipo de balanza es la que aparece en la imagen que simboliza la justicia, porque el equilibrio es la base de su funcionamiento.

XVI

"¿Y acá tienen balanza, doctor?"

"Tenemos una, sí, doctor Mesiano, tenemos una en el primer piso, pero dudo de que nos sirva, porque no es una balanza pediátrica."

"Ah, qué macana. Bueno, no importa, nos arreglamos igual. No hay nada mejor, en estos casos, que el ojo de buen cubero."

"Los aparatos ayudan, qué duda cabe, pero nada suple la mano del médico, ni sus años de experiencia."

"Usted lo ha dicho."

XVII

Sólo con posterioridad a su uso comercial, las balanzas comenzaron a ser utilizadas con propósitos médicos. Desde entonces su empleo no ha dejado de difundirse. Tanto que, hoy en día, las personas están en condiciones de controlar personalmente su propio peso, ya que en cualquier farmacia que no sea demasiado precaria hay siempre una balanza; quizá no muy perfecta como aparato de medición, pero suficiente para hacerse una idea más o menos aproximada del peso que uno tiene. El control médico, sin embargo, sigue siendo algo de lo que no conviene prescindir.

XVIII

"Que el conscripto espere un poco en el pasillo, mientras usted y yo encontramos una solución al problema."

"Usted dice mi asistente. Está bien, si eso lo deja más tranquilo. Él va a estar mejor en el pasillo que acá, con el fresco que está haciendo."

Cuarenta y ocho

I

"¿Qué pasó, pibe? ¿Te rajaron?"

El guardia de azul vigilaba el piso. Era evidente que se aburría, porque en el fondo no tenía gran cosa que hacer esa mañana. Estaba sentado en un banquito de madera, mirando el pasillo recto al que daban todas las puertas. Tenía que ver que no pasara nada, y no pasaba nada.

"No me rajaron, no. Me pidieron que esperara acá."

El tipo asintió. Se rascó un poco la oreja, o detrás de la oreja. Me preguntó si me faltaba mucho para terminar la colimba. Le dije que me faltaba un poco más de la mitad. Me preguntó si me trataban bien. Le dije que sí. Me preguntó si yo sabía que la palabra colimba venía de tres palabras: corre, limpia, barre. Aunque no solía mentir, le dije que no lo sabía. "Bueno", me dijo, "ahora lo sabés". Yo no dije nada y él dijo: "Todos los días se aprende algo".

II

En el extremo del pasillo había una ventana angosta y larga. La cruzaban dos barrotes. El vidrio de esa ventana estaba roto. Por el hueco de la rotura, el viento entraba filoso y resultaba más ingrato aún, y más hostil, que el aire helado que flotaba en el patio, a la intemperie.

III

Un resto de algo le molestaba al guardia de azul en la boca, entre los dientes. De eso se ocupaba con sus dedos demasiado grandes, demasiado toscos. "Yo no sé qué mierda", murmuró. Desde abajo lo llamaron. No dijeron su nombre, dijeron un apodo, y él levantó la cabeza de inmediato. Contestó alzando la voz. "¿Qué pasa?" El lugar tenía una acústica rara, que volvía innecesario gritar, pero él gritó. "Bajá un minuto", le respondieron.

El guardia de azul se incorporó. "Cuidá a estos mierdas", me dijo. Después se rió, para que yo entendiera que me estaba cargando. "No te movás de acá." El techo era bajo, las paredes se apretaban, y eso lo hacía parecer más corpulento todavía. Se fue sin apuro, llevándose el banquito de madera.

IV

Yo no me había dado cuenta de que el piso era de cemento: era rugoso y raspaba, y estaba tan frío que lo mismo hubiese sido sentarse encima de una barra de hielo.

V

Aburrido, caminé por el pasillo hasta el extremo. Me asomé por la parte rota del vidrio de la ventana. Quería saber qué se alcanzaba a ver desde ahí. Miré: no se veía nada. Una pared resquebrajada y veteada de musgo. En la franja de abajo, dos manos de pintura blanca alcanzaban a tapar una vieja leyenda escrita en azul.

VI

Yo no me había dado cuenta de que quedaba un espacio entre el piso de cemento y la parte inferior de cada puerta. No había prestado atención a eso, y no me había dado cuenta.

VII

La noche en vela me traía una especie de flojedad: bastante ardor en los ojos y un cansancio que, siendo general, tendía a concentrarse en las rodillas. Precisé sentarme a descansar un poco, porque me dolían las piernas. Y al sentarme precisé apoyar la espalda, porque la espalda también empezaba a dolerme. Me senté sin ver dónde me sentaba, y me apoyé sin ver dónde me apoyaba.

VIII

Conserva el frío en el invierno y el calor en el verano: tal es la despreciada cualidad del cemento. Por eso los lugares que tienen las paredes o los pisos con el cemento a la vista no pueden evitar la impresión que da lo precario y lo inhóspito.

IX

En los cementerios uno nunca se siente solo, aunque lo esté. Y aquí me pasaba a la inversa: en medio del silencio y con la luz temprana de la mañana reciente, me sentía solo. No estaba solo, pero me sentía solo, me creía solo y me entregué a estar un poco solo. Por eso me sobresalté cuando esos dedos se estiraron, por debajo, para tocarme.

X

El doctor Mesiano estaba en otro piso, en uno de los pisos inferiores, conversando con el doctor Padilla de asuntos médicos. Sucede a menudo que los especialistas se entusiasman con los temas de su profesión, pero aun así me dije que no habrían de demorarse mucho tiempo más.

XI

Hablaba con voz muy baja. No podía hablar más alto, o no quería, por no llamar la atención. Pero yo la escuchaba perfectamente, igual que cuando nos hablan al oído, que escuchamos con nitidez aunque nos susurren apenas cada palabra.

Era una voz de mujer. Me dijo: "Vos no sos uno de ellos. Vos me tenés que ayudar".

XII

El doctor Mesiano se estaría ocupando ahora de inspeccionar esa balanza que le había mencionado el doctor Padilla. Estaría viendo que no le servía para esta ocasión, tal como lo había supuesto.

XIII

No quise moverme, para no saber si con la punta de esos dedos me agarraba la ropa.

Me decía: "No te dejes ensuciar, que vos no sos uno de ellos". Y me decía: "¿Vos sabés dónde estamos, no? Vos venís de afuera. Vos sabés dónde estamos, ¿no?".

Yo pensé que si me echaba para adelante capaz que sentía un tirón en el pulóver. Y me quedé quieto.

Ella mientras tanto me decía: "Yo te doy el número de un abogado y vos avisás dónde estamos. Nada más. Das el aviso y cortás. Nada más. A vos no te va a pasar nada".

Un pulóver de lana se estira, cada hebra del tejido hecho con lana es elástica y se estira, pero llegado un punto ya no se estira más, y entonces se siente el tirón. Yo no quise sentir el tirón, y me quedé quieto.

Ella, a través de la puerta, sin verme me decía: "Vos no sos uno de ellos".

XIV

También el doctor Mesiano había pasado la noche en vela: también él se estaría sintiendo ahora cansado e irritable, con un peso turbio en la cabeza y las rodillas débiles. También él tendría las mismas ganas de terminar con todo lo más pronto posible para poder salir de ahí, para irse a dormir de una vez y olvidarse de todo.

XV

Sin esperar a que yo dijera nada, ella empezó a contar las cosas que estaban pasando. Siempre con esa voz ronca que sin esforzarse me llegaba con toda claridad. La voz ronca me fue diciendo cada cosa que le habían hecho. En un momento no quise escuchar más y le dije: "Callate, vos. Callate la boca". Pero no me moví. No me moví porque si me movía capaz que sentía el tirón en el pulóver, de ella que me agarraba. Y no quería. Tampoco quería escucharla más, pero ella seguía hablando. Yo no me moví y ella siguió hablando.

XVI

¿Por qué tardaba tanto el doctor Mesiano? Le bastarían un par de minutos, a lo sumo, con su experiencia y su pulso, para sopesar y decidir, para evaluar y descartar. Un par de minutos le alcanzaban y le sobraban, seguramente, para resolver y para dar su veredicto. Y sin embargo tardaba, pasaba el tiempo y no venía, no venía más.

XVII

La voz traspasaba la puerta como si la puerta no existiera. De este lado de la puerta estaba yo. La voz traspasaba la puerta para contarme las cosas que pasaban. Yo le dije: "Callate, hija de puta, callate de una vez". Pero ella siguió, apurada, y no obstante el apuro, se detuvo en detalles. Yo no dejé de decirle: "Te estoy diciendo que te calles, hija de puta, callate de una vez", porque empezó con los detalles y a mí me hartaban los detalles. Pero siguió, y siguió sin ahorrarse los detalles. Yo escuchaba de este lado de la puerta, con la cabeza apoyada en el lugar donde ella estaría apoyando la boca. "Cerrá esa boca", dije yo, pero ella quería que yo escuchara cada cosa, que yo supiera cada cosa, y después quería que avisara. "Te voy a romper esa boca de una piña, hija de puta", le dije yo. Ella me daba los datos y me pedía que le dijera adónde la habían traído. "A la concha de tu madre", le dije, y ella volvió a pedirme que le avisara al abogado, volvió a pedirme que los salvara, volvió a decirme: "Vos no sos uno de ellos".

Yo le dije: "¿Y vos qué carajo sabés quién soy, hija de puta?".

XVIII

Sin ser un católico practicante en extremo, el doctor Mesiano solía asistir a misa. Podía faltar algún domingo que otro, sin sentir que fuera a perder el cielo por eso; pero eran más los días que iba que los que faltaba. Si este domingo, pensé, se proponía ir, no debía demorarse mucho más: saliendo, a más tardar, en diez minutos, y pisando bastante el acelerador, podía llegar a la misa de las once.

XIX

"En unos meses te largan", me dijo. "En unos meses estás afuera y sos el de siempre." Ningún otro habló, si es que había algún otro cerca, ninguno chistó, ninguno silbó, y ella me seguía diciendo: "A vos no te va a pasar nada". Quería que avisara en qué lugar la tenían. "Nada más que eso, no hace falta que digas quién sos." Yo le dije que se callara. Le dije que estaba harto de escucharla. Me pidió que le salvara al hijo, que llamara desde un teléfono público para decir dónde los tenían y que después cortara la comunicación. "Estás muerta, hija de puta", le decía yo, y ella me decía que avisara por el hijo. "Callate de una vez", le dije yo, "no hables más, hija de puta, no ves que ya estás muerta". Y ella me pedía por el hijo y por los compañeros.

XX

Debían estar ya despidiéndose, y por un prurito de cordialidad la despedida se alargaba. Habían es-

139

grimido algunas asperezas y ahora estarían queriendo atenuarlas. Pero el doctor Mesiano no tendría seguramente otro propósito que el de dar por terminado cuanto antes el encuentro, para volvernos de una vez a la Capital.

XXI

Me dio el número de teléfono de un abogado, me pidió que no lo olvidara. Lo que me acuerdo, todavía, es la característica: cuarenta y ocho. Me acuerdo porque en ese momento pensé en los números de la quiniela. Me dio los nombres y el número, y dijo: "Pasás el dato y cortás". Me pidió que pensara en las cosas que estaban pasando. Ella me había contado las cosas que estaban pasando. Con lujo de detalles: cada cosa que le habían hecho, que le habían dicho, lo que había escuchado, lo que había sabido. Yo al principio sentí los dedos por debajo, o me pareció sentirlos por lo menos, y después no quise saber si me estaba agarrando o no.

No le pregunté ni le pedí que hablara, pero ella habló, como si la puerta no existiera. Yo le dije que se callara, le ordené que se callara, pero no lo hizo. Me pidió que la ayudara. Yo le dije: "No ayudo a los extremistas".

XXII

Por fin escuché las voces del doctor Mesiano y del doctor Padilla. Acababan de salir, seguramente, de la sala o del consultorio donde habían conversado. Se estarían despidiendo. El doctor Mesiano estaría viniendo a buscarme para que nos fuéramos de ahí. Yo pensé que, en cuanto lo viera, iba a poder pararme y despegarme de la puerta, iba a poder acomodarme el pulóver estirado y le iba a poder preguntar, con una voz bien firme, adónde nos dirigíamos ahora.

XXIII

"Yo no sé dónde estamos", me dijo, "pero vos sabés". Me preguntó qué fecha era: qué mes, qué día. Me pidió por el hijo y por los compañeros. Me dijo: "Vos no sos uno de ellos". Me dijo que podía ayudarlos sin correr ningún peligro. Me dijo: "No ves lo que está pasando". Me repitió los nombres y el número que empezaba en cuarenta y ocho. Me dijo que si el abogado sabía podía intentar algo. Me dijo que esa noche yo iba a soñar con las cosas que me había contado.

"Eso es lo que vos creés", le dije. "Eso es lo que vos creés."

Por alguna razón, que desconozco, yo también estaba hablando en voz baja.

Trescientos noventa y ocho

I

Ya se escuchaban, sí, las voces del doctor Mesiano y del doctor Padilla; pero no sonaban cordiales, ni se despedían con amabilidad. Discutían, y la discusión era fuerte. Salieron de la sala o del consultorio donde habían conversado, donde habían empezado a discutir, y ahora no podían terminar del todo con esa discusión, ni aun queriendo. Se cruzaban las últimas frases, frases sueltas. Escuché que el doctor Padilla decía: "Primero está la lista", y escuché que el doctor Mesiano decía: "Primero está mi hermana".

Peleaban abajo. El guardia de azul volvió a aparecer en el piso en el que estaba yo. Traía el mismo banquito de madera de antes, y un escarbadientes en la boca.

"Mové el culo, pibe", me dijo, "que ya se toman el buque".

142

II

Los que saben de psicología tienen un término para definir eso: la impresión que a veces uno siente de que lo que está viviendo ya lo vivió antes. Yo tenía esa impresión aquella mañana. Pero es que de veras estaba pasando por los mismos lugares, unas horas después.

III

"¿A su casa, doctor Mesiano?", pregunté.

"No", me dijo. "Todavía no."

IV

Los que saben de cine tienen también una expresión para esos momentos en que se vuelve para atrás en la historia y se repasan algunas imágenes de lo que ha ocurrido antes. La diferencia es que, por lo general, esas imágenes aparecen en cámara lenta; y ahora, en cambio, pasaban para mí un poco más rápido que la primera vez.

V

En todo el trayecto el doctor Mesiano pronunció una sola frase. Esa frase era: "Vamos a ver quién talla más alto". No dijo otra cosa que eso, pero eso lo dijo más de una vez. Y ni siquiera quiso prender la radio del auto para escuchar un poco de música.

VI

Íbamos a más de cien. Primero por Libertador y después por Figueroa Alcorta. Llegamos hasta el final de la avenida, hasta el paredón del final. Es decir que pasamos otra vez por el estadio vacío, ajeno a lo que había sucedido la noche anterior. Doblamos a la izquierda por Udaondo. Pasamos otra vez por el Tiro Federal: pese a ser domingo a la mañana, sonaban disparos. Pasamos otra vez por el bar de copas, que ahora estaba cerrado, y pasamos por la iglesia, justo cuando los fieles salían de misa. El doctor Mesiano se persignó, y yo también me persigné.

VII

"¿Por dónde, doctor?", consulté.

Llegábamos a la rotonda en la que, exactamente dos años después, porque ése era el día, pondrían un monumento de homenaje a la fundación de la ciudad. Pero la cifra todavía no era redonda. En el lugar había una plazoleta, y en la plazoleta nada.

"A la derecha", me dijo el doctor Mesiano. "A la derecha y al fondo."

VIII

Pasamos otra vez por el lugar donde la noche se nos había hecho corta. También ese lugar, con la luz plena del día, parecía ahora muy ajeno a lo que habíamos vivido. El domingo a la mañana era el momento más tranquilo de toda la semana, después del movimiento de la noche anterior, que era, por el contrario, de toda la semana, el más intenso.

IX

Al llegar a la puerta de la Escuela, ocurrió algo anormal. El doctor Mesiano se bajó del coche y me hizo bajar a mí. Dio la vuelta y se sentó de mi lado. Era extraño verlo en el volante. "Manejo yo", me dijo. "Entro solo." Estábamos detenidos delante del cartel que prohibía detenerse. "Dése una vuelta, camine un rato", me dijo el doctor. El centinela ya lo había reconocido. "Y vuelva acá dentro de una hora."

Cruzó el portón en primera y después puso segunda; en mi opinión, un poco pronto.

X

Es cierto que uno siempre vuelve al lugar del crimen, aunque sea dicho en sentido figurado. En ese barrio no había ningún lugar adonde ir: una canchita pobre con más polvo que pasto, un bar de copas parecido al nuestro y también cerrado a esta hora, las vías del tren sin barrera, con pedazos de cosas rotas entre los yuyos de los costados. Anduve un rato por acá y por allá, aburrido y somnoliento. Terminé merodeando ese lugar a la vez llamativo y discreto donde, como dije, pasamos una noche que se nos hizo corta.

El encargado había salido a pasar la escoba por la entrada de autos. Hacía un rato, un apurado que venía en un Ford Fairlane había calculado mal el ángulo difícil de la entrada, y por culpa del ancho del auto, que fue mucho para estas maniobras, pegó con el farol de la punta en el filo de una pared. Ahora que el trabajo había mermado un poco, el encargado salía a barrer las astillas de vidrio, que crujían, aunque sin hacer daño, cuando otro coche las pisaba.

XI

Pasó el tren y lo sentí. Durante la noche no había pasado ninguno. O quizás había pasado alguno, sin que yo me diera cuenta. Uno se mete en esta clase de lugares y pierde de vista todo aquello que pueda ha-

146

ber alrededor. Por eso sus cuartos no tienen ventanas, y si las tienen, nunca se abren.

XII

El encargado me vio y se acordó de mí. Esa noche habría visto caras de a decenas, aunque la discreción era la gran virtud de su oficio, y por discreción
aparentaba nunca mirar y nunca ver. De mí se acordó. El uniforme, sin duda, le aclaró la memoria.

"¿Todavía por acá?", me dijo. "No", le dije, "ya
me fui y ya volví".

Nos pusimos a conversar. Le dije: "Usted acá
debe ver cada cosa". Me dijo: "Se ven algunas, y se
oyen otras". Me contó una anécdota. La historia había pasado hacía más o menos un año, un día de semana, a media tarde. Un hombre que no bajaba de
los sesenta años había entrado con una chica que no
pasaba de los dieciséis o diecisiete. El encargado ya
había aprendido a ejercer la neutralidad: su profesión le vedaba el abrir juicio o el sentir envidia. Pero
esta pareja, ocasional sin duda, le llamó la atención.

Transcurre, aproximadamente, una media hora.
De pronto se escuchan unos gritos desesperados. Es
la chica. Ha salido desnuda de la habitación, corre
por el pasillo, golpea puertas y pide auxilio. Acuden
con presteza el encargado y algunas mucamas. Pronto llegan, también, los dos pibes que cuidan los autos
en el estacionamiento. A veces el hombre quiere y su

cuerpo no quiere. Otras veces el hombre quiere y su cuerpo no puede. La chica no deja de llorar, pero mientras constatan que su acompañante se ha quedado fatalmente seco en mitad del asunto, ella se va poniendo la ropa y, entre hipos y sollozos, se manda a mudar. Los pibes se hacen un tiempo para pispearla sin aspavientos. No falta quien dice: "Al menos se murió contento". Y otro más entendido agrega: "Igual que el sargento Cabral".

El encargado decide que no vale la pena molestar a la policía por tan poca cosa. Consulta por teléfono a uno de los dueños del establecimiento y toma nota de sus instrucciones. Entre varios se ocupan de vestir al difunto. Por suerte las medias se las ha dejado puestas, y hay menos para hacer. Cuando terminan, lo levantan y lo llevan hasta el auto. Lo sientan y le acomodan las manos en el volante. El coche lo sacan empujando, sin prender el motor. La vereda en pendiente los ayuda a darle el envión final. El coche queda cruzado en mitad de la calle, y el conductor queda muerto de un infarto mientras manejaba, solo, hacia Libertador. Recién entonces llaman a algún pariente, después de buscar el número en la agenda que llevaba el muerto, y le dan la mala nueva.

"La clave", me dijo el encargado, "fue no dar tiempo a que el cuerpo se enfriara". Si se enfriaba además se ponía duro. "De esta forma, en cambio, fue como vestir a un borracho, a uno que se queda dormido y no se despierta con nada." El encargado se apoyó en la escoba y se pasó una mano por el pelo engominado. "Es igual que vestir a un tipo que se queda flojo y no quiere colaborar."

XIII

Con la charla el tiempo fue pasando más pronto, y así se hizo la hora que me había indicado el doctor Mesiano. Volví caminando por Libertador, por la vereda de enfrente de la verja y las garitas. Era la vereda donde daba el sol.

XIV

"¿A su casa, doctor Mesiano?", pregunté otra vez.

"No", me dijo. "Todavía no."

XV

Cualquiera que haya pasado una noche en vela, y es raro que alguien no haya pasado al menos una alguna vez en su vida, sabe lo que sucede con el cuerpo: el cuerpo declina, flaquea, se abotaga; hasta que de pronto, pasado cierto límite que algunos llaman el límite del sueño, recupera su vigor y se restablece sin haber precisado descanso alguno. ¿De dónde proviene, entonces, esa vitalidad renovada? Uno parece sacar, como dice la frase, fuerzas de la nada. El cuerpo no es como una batería, que se descarga progresivamente hasta quedar inutilizada. La resistencia del cuerpo humano tiene otros misterios.

El doctor Mesiano me enseñó que muy a menudo los enfermos terminales, que agonizan sin esperanza, experimentan de repente una sorpresiva recuperación: se los ve otra vez animosos y entusiastas, alientan alguna esperanza en el entorno sufriente, y no obstante ello, muy pronto, en un instante apenas, se mueren.

XVI

"Tanque lleno", le dije al muchacho que cargaba en la YPF. Nos quedaba menos de un cuarto y teníamos que volver a Quilmes. El muchacho silbaba una canción imprecisa mientras corrían los números que indicaban litros y pesos. Se ofreció a limpiar el vidrio del parabrisas. Le dije que no lo hiciera. Yo podía tolerar un poco de tierra delante de la vista, pero no las marcas de un trapo sucio y mal pasado. El lunes o el martes, a más tardar, de todas formas, me tocaba llevar el auto al lavadero.

XVII

Después de haber sentido el peso de los párpados durante toda la mañana, me encontraba otra vez entero y bien dispuesto. Casi como si hubiese dormido mis ocho horas de rigor durante esa noche.

También al doctor Mesiano se lo veía ahora de mejor semblante y más animado para conversar. Mientras repetíamos el viaje al sur, habló con entusiasmo de sus años de estudiante, y opinó que en la actualidad estábamos viviendo una crisis de valores.

XVIII

El color y el brillo de todas las cosas cambiaban a lo largo de las horas del día, con la variación de la luz del cielo; la excepción a la regla era el riachuelo que señalaba el límite de la Capital, que no mostraba nunca un color o un brillo determinados.

XIX

Esta vez no usamos el portón azul que había a la vuelta. Paramos frente a la puerta que daba a Allison Bell. El doctor Mesiano me indicó que me quedara en el coche, que lo esperara ahí afuera. "No demoro", dijo.

Le abrieron la puerta cuando lo vieron acercarse.

XX

Después de haber llenado el tanque, y después de haber llegado a destino, la aguja marcaba tres cuartos. Es decir que un cuarto de tanque se empleaba en viajar de la Capital a Quilmes, incluyendo en esto el cruce de la Capital de punta a punta, porque habíamos salido del extremo norte y tuvimos que atravesarla hasta el extremo sur. Calculé que yendo y viniendo dos veces de la Capital a Quilmes y de Quilmes a la Capital, como lo habíamos hecho hoy, se consumía un poco menos de un tanque lleno de combustible.

Todo esto yo lo pensaba por el gusto nomás de hacer pasar el tiempo, porque el gasto de nafta corría por cuenta del presupuesto operativo de la Brigada; no me afectaba a mí ni tampoco al doctor Mesiano, que estábamos cumpliendo con nuestras obligaciones.

XXI

En efecto: no demoró. Habrían pasado, como mucho, diez minutos, cuando lo vi aparecer por la misma puerta, que volvía a abrirse y a cerrarse.

Ya no era tan temprano, ni hacía tanto frío.

"¿Lo ayudo, doctor?", le dije, viéndolo venir cargado.

"No hace falta", me dijo, "lo acomodo acá atrás".

Lo escuché abrir y cerrar una de las puertas traseras, lo vi dar la vuelta para sentarse otra vez de su lado.

"Eso sí", me dijo, "no se te ocurra frenar de golpe".

XXII

Se veía un cielo casi blanco ahora, más nítidos los bordes de los barcos derruidos, el otro puente más claro, más diáfano con el sol del mediodía. Pero el agua sucia, siempre quieta y espesa, se veía igual.

"Lo que se hunde ahí", dijo el doctor Mesiano señalando hacia abajo, "no se encuentra nunca más".

XXIII

Mantuve la mano derecha de la calle, y una velocidad tan constante como moderada, cuidando la distancia con los coches que quedaran adelante. Así fue que no hubo motivo alguno para frenadas bruscas, y el viaje transcurrió sin sobresaltos.

XXIV

Me dormí por fin, bastante después del mediodía.

Soñé con la puta del tic nervioso en la boca. Soñé que estaba otra vez con ella y que ella me decía: "¿Cuántas veces sos capaz de acabar sin sacarla?". "No sé", le decía yo, "nunca probé". "Probemos", me decía ella. Y yo le daba, le daba y le daba, sin sacarla; acababa dos, tres, cuatro veces seguidas, le daba, le daba y llegaba hasta siete, y ella todo el tiempo me decía: "Matame, mi soldadito, matame". Y yo le daba.

XXV

El doctor Mesiano me autorizó a que el lunes me tomara el día franco.

"Ocupate solamente de hacer lavar el auto", dijo.

Le di las gracias y nos despedimos hasta el martes.

Me saludó con ese afecto que él sabía demostrar sin dejar de poner distancias: el afecto de los hombres, que nunca debe ser dicho.

Treinta del seis
(epílogo)

Uno dos

I

Ahora sí ha jugado Maradona, a quien ya nadie llama pibe. Jugó bastante mal. No pudo sobreponerse a la marcación indefectible de un zaguero apellidado, sin razón alguna, Gentile. Los italianos volvieron a ganarnos, otra vez por un gol de diferencia.

II

Leo el diario, como de costumbre, empezando por las páginas deportivas. Primero los titulares de la portada, donde raramente falta una noticia de fútbol, y después las páginas sobre deportes. En el mundo del deporte siempre pasa algo. Lo mismo ocurre con las páginas policiales, que no padecen jamás esa mengua de acontecimientos que sí se da en otras esferas. Por eso mis hábitos de lectura consisten en comenzar por las noticias de deportes y luego pasar a las noticias policiales.

Hoy el diario trae la información de un hallazgo macabro: un tipo compra una casa quinta en Berisso y decide colocar una pileta de natación en el fondo. Es invierno y le va a salir más barato hacer ahora la instalación. Dos peones de la empresa se ocupan de excavar lo necesario para poner la pileta y un sistema de desagote. Uno de ellos siente de pronto que su pala se traba y toca algo que le resulta blando y duro a la vez. Se fija y descubre que hay un cuerpo enterrado. Le avisa de inmediato al otro peón, y el peón al supervisor, y el supervisor al tipo que había comprado la casa quinta, y el tipo que había comprado la casa quinta a la comisaría de la zona.

Es el cuerpo de un hombre joven: unos veinte años, hasta donde puede calcularse. El toque macabro del episodio se debe a que el cuerpo no tiene la cabeza. La cabeza le fue seccionada y se supone que se encuentra enterrada en alguna otra parte, no necesariamente cerca de este lugar. Además, los dedos del cadáver han sido quemados con algún ácido cáustico. Dadas las circunstancias, la policía considera que será sumamente difícil establecer una identificación fehaciente del fallecido.

III

Vuelvo a las páginas de deportes. Noto que, con la escasa excepción de apenas dos integrantes, la formación de la Argentina se ha conservado idéntica desde la vez anterior, como si los años no hubiesen pasado.

IV

El diario que yo leo titula con sobriedad. Los bochincheros, en cambio, deben hablar de degüello y acaso se permitan un dudoso juego de palabras acerca de un joven que ha perdido la cabeza.

Las otras noticias del día refieren dos intentos de robo: uno tuvo éxito, pero la policía informó que los ladrones están cercados y que su caída es inminente; el otro fue frustrado por las fuerzas del orden, y el saldo es de tres delincuentes muertos y un agente herido de levedad, que ya se repone en el Hospital Churruca.

V

Los jugadores argentinos declaran que no se dan por vencidos, y que no se darán por vencidos hasta tanto los hechos se vuelvan irreversibles. Anuncian que el partido con Brasil, que es definitorio, lo disputarán a vida o muerte.

VI

Acerca del caso de la banda de boqueteros, que vengo siguiendo, hoy no aparece ninguna novedad en las crónicas policiales. De todas formas, como ya fue capturado uno de los integrantes de la banda, se asegura que es inminente la caída de sus cómplices.

VII

No tengo por costumbre leer la página de los chistes, que es la última del diario. No les encuentro la gracia, y eso me fastidia.

VIII

Las fotos turbias y grises muestran una hilera de cabezas gachas. La imagen se torna irremediablemente sombría, a pesar del destello de la luz meridional de Cataluña.

IX

Después hojeo someramente el resto del diario. Paso las páginas echando un vistazo a los titulares y a las fotografías, hasta encontrar algo que me llama la atención. Entonces me detengo y leo con un poco más de cuidado.

X

A veces, no siempre, leo los horóscopos. Leo todos los horóscopos, y no solamente el que corresponde a mi signo. Por supuesto que no creo en astros ni en presagios. Pero me gusta ver lo imprevisible que puede llegar a resultar la vida de las personas.

XI

Hoy me llama la atención un recuadro que aparece en una página impar. Está justo arriba de un aviso de medicamentos para adelgazar. En realidad es ese aviso lo que me llama la atención. Y después de ver el aviso, veo el recuadro con la noticia.

La noticia dice que el Ministerio del Interior ha suministrado una nueva lista, fehacientemente chequeada y confirmada, de caídos en combate. Reviso la lista de manera casi automática, no por verificar nada en particular, no como si fuese un preceptor que controla presentes y ausentes en el aula de un colegio, sino con un reflejo automático que me hace deslizar la vista por la columna de los nombres y los apellidos.

Naturalmente, ninguno de esos nombres y ape-

161

llidos significa algo para mí. Hasta que, más o menos en la mitad de la lista, encuentro el nombre de Sergio Mesiano.

Ciento treinta y tres

I

De muchos se tenía la información inmediata. Si los otros (nunca uno solo) lo habían visto con certeza caer, el dato se daba por seguro. Lo mismo pasaba si después, cuando el fuego se había calmado, los más serenos se ocupaban de revisar los bolsillos y encontraban la identificación correspondiente. De ésos ya se sabía. Y así, poco a poco, con tanta prolijidad como se podía, se iban confeccionando las listas.

II

Estoy todavía extrañado, porque de la lectura de un diario, por mucho que pueda llegar a afectarnos o a perturbarnos con las cosas que pasan en el mundo, no se espera que nos involucre de manera personal. Cuando una noticia parece estar, en cierto modo, dirigida a nosotros, a nosotros en especial, algo se desacomoda en el orden de las cosas.

163

III

Otras listas se fueron completando con las notificaciones de los ingleses. Esas listas se encabezaban con la letra P, de prisioneros. Las otras llevaban tres letras, o acaso una sigla, CEC, que significaba caídos en combate. A veces era necesario efectuar algunos ajustes. Alguien figuraba, por ejemplo, en una lista CEC. Pero después llegaba un reporte de Londres, y había que tachar y trasladar a ese alguien a la lista P. Eso cuando se trataba de buenas noticias: uno creyó ver lo que en realidad no vio, o la tarjeta identificatoria de uno fue a parar por alguna razón al bolsillo de otro, y la confusión se aclaraba para bien. Otras veces, en cambio, se ponía a alguien en una lista P. Y después una brigada de rastrillaje lo encontraba congelado en un pozo inverosímil y olvidado, y había que pasarlo a una lista CEC, tachando previamente su nombre de la lista P.

IV

Me pregunto si el doctor Mesiano seguirá viviendo todavía donde vivía hace cuatro años. Es bastante tiempo, si uno lo piensa. Es un tiempo suficiente, por lo pronto, para que alguien se mude a otro barrio, o se vaya a vivir al interior del país, o enviude y vuelva a casarse para empezar una nueva vida. Claro que también es posible, y no menos razonable, que todo haya quedado exactamente igual, porque en definitiva, para que las cosas permanezcan y no cambien, también es indispensable que pase el tiempo.

V

Muchos no figuran en ninguna de las dos listas: ni en las listas encabezadas con la letra P, ni en las listas encabezadas con la sigla CEC. Tampoco han vuelto a sus casas, llorosos o aliviados, nerviosos o taciturnos, para estar otra vez con sus familias. Simplemente no se sabe dónde están. Los seres queridos se permiten esta ilusión: que puedan estar perdidos en algún monte alejado, sin encontrar el camino de regreso, sin saber qué es lo que ha pasado, tal vez demasiado aturdidos para pensar en nada o para dar un aviso. El paso de los días, sin embargo, y el avance de los rastrillajes exhaustivos tornan cada vez más inconsistentes las especulaciones de esta clase.

VI

No pierdo nada, me digo, con ir y probar. En el peor de los casos, toco el timbre de la casa y me encuentro con otra gente. Aunque en verdad ése no sería el peor de los casos. Incluso a esas personas yo podría preguntarles si conocen la dirección de los viejos dueños. El peor de los casos sería otro: que ésa siga siendo la dirección del doctor Mesiano, pero que él no quiera recibirme. Por cierto, nunca entré en esa casa, ni llamé a su puerta. Y por cierto, el doctor Mesiano está viviendo una contingencia muy particular.

Al mismo tiempo, no puedo pensar que vaya a suceder otra cosa que ser recibido por el doctor Mesiano con un abrazo firme y vigoroso, un abrazo como el que me dio la última vez que nos vimos, cuando yo me iba de baja y pasé por la unidad a retirar mis pertenencias.

VII

Se intenta, por todos los medios, evitar cualquier error en la confección de las listas, porque se sabe que cada imprecisión va a derivar en una circunstancia ingrata. Sin embargo, resulta humanamente imposible conseguir una perfección organizativa tal que no llegue a ocurrir nunca la eventualidad de una equivocación. Sólo Dios es infalible.

VIII

Ahora tengo un Fiat 133: un modelo nuevo que combina algo del 128 y algo del 600. Es mío. Puedo

166

subir y apurar la marcha, y en menos de una hora estaré tocando el timbre de la casa del doctor Mesiano, cuyo umbral conozco tanto.

IX

Un problema que se presenta en ciertas ocasiones es que alguien da un nombre que no es el suyo. Se le pide su identificación: su nombre y el cuerpo al que pertenece. Y por alguna razón difícil de escrutar, porque la mente humana es muchas veces difícil de escrutar, da un nombre que no es el suyo.

Si el nombre entregado fuese un invento momentáneo, un nombre cualquiera, la complicación sería tan sólo relativa. La verdadera dificultad radica en que, por algún motivo, tienden a dar el nombre de un compañero al que han visto morir y que ya consta en las listas CEC.

Confusiones como ésta provocan sensibles demoras en la confección de las listas, y promueven desaciertos y rectificaciones impensables.

X

El doctor Mesiano sabrá entender que yo haya querido visitarlo, y yo sabré entender si él no quiere recibirme. Pero estoy convencido de que esto último no va a pasar. Entre las virtudes que él aprecia se cuenta principalmente la lealtad. Y no es otra cosa que la lealtad lo que hoy me impulsa a verlo.

XI

Lo más aconsejable, para el que pueda controlar su ansiedad, es entender que la situación en muchos casos todavía es confusa, y que conviene esperar las comunicaciones oficiales. Por esta vía sólo se entregan informaciones enteramente chequeadas y ratificadas. Son las listas anunciadas por el Ministerio del Interior. En una de estas listas, ciertamente, hoy vi el nombre de Sergio Mesiano.

Mil novecientos ochenta y dos

I

La puerta se abre apenas. A media altura veo la cadena de seguridad, que no ha sido desprendida. Por el resquicio alcanzo a distinguir la cara retraída de una muchacha que me pregunta a quién busco. Le digo que al doctor Mesiano, si es que todavía vive ahí. Me dice que sí, que vive ahí, pero que ahora no está. Me pregunta de parte de quién, y le digo mi nombre. Me dice: "Espere un momentito".

Cierra la puerta. Me siento, sin tener otra cosa que hacer, en el umbral de la vereda. Convocar los recuerdos es tan inútil como ahuyentarlos. Pasa un rato. De pronto, siento un chistido. Es la chica que me llama, abriendo un poco la puerta. Me dice que el doctor Mesiano se encuentra en una reunión familiar. Pero que ella lo llamó por teléfono y le avisó que yo estaba. Y que el doctor Mesiano le indicó que me diera la dirección para que yo no dejara de ir a verlo.

Dicho esto, la chica pasa la mano por el resquicio de la puerta, sin soltar la cadena de seguridad, y me alcanza un papelito con una dirección anotada.

Es un papel de esos que tienen una banda adhesiva en el reverso, de colores nunca discretos. La letra de la chica evidencia la esmerada laboriosidad de los que han aprendido a escribir ya de grandes. Pero ha escrito la dirección, que incluye haches y zetas, sin cometer ninguna falta de ortografía.

II

Todavía se ven muchas banderas argentinas colgadas en las ventanas y en los balcones de las casas. Algunas son tan grandes que pasan de un balcón a otro: los vecinos han debido ponerse de acuerdo. Los partidos en España y la conflagración en el sur dieron un doble impulso a la necesidad de la gente de expresarse así. Y también, por tradición, el aniversario del fallecimiento del creador de la bandera, que es Manuel Belgrano. Pero ya pasaron diez días desde el aniversario de ese fallecimiento, y muchas banderas están puestas todavía. Unas cuantas personas aprovechan y las dejan en su lugar hasta el nueve de julio, que es el día de la independencia argentina. Habrá otros que no quieren sacarlas, y otros que se han olvidado de hacerlo.

III

Para ir a Vicente López se puede tomar la avenida Cabildo, que después se convierte en la avenida

170

Maipú, o bien la avenida del Libertador, que al pasar a la provincia no cambia su nombre y se sigue llamando avenida del Libertador. Todo depende de si el lugar al que uno va está más cerca del alto o del bajo. La casa del cuñado del doctor Mesiano está más cerca del bajo. Por eso elijo ir por Libertador. El viaje me despierta no pocos de mis recuerdos más queridos, de cuando el doctor precisaba mi ayuda y yo se la daba sin miramientos.

IV

Un grupo de vecinos se amucha en la vereda. Han tenido un percance indeseado: una bandera argentina de modestas dimensiones, que flameaba en el balcón de un edificio de la cuadra, se soltó por el viento y se voló. Seguramente estaba mal atada, o las ataduras se habían aflojado con el paso de los días y nadie se ocupó de reforzarlas. Lo concreto es que se voló. Más de uno la vio pasar en el aire: demasiado leve como para caer a pique, pero no tan leve como para seguir flotando indefinidamente. Por fin perdió altura y terminó por enredarse en las ramas de un árbol. Ahora tratan de desengancharla y de bajarla, y no lo consiguen. Está enroscada en las ramas más altas. Traen algunas palos bien largos que encuentran en sus casas, pero no llegan. A lo sumo la rozan, pero no alcanzan a empujarla. Un chico del barrio se ofrece a trepar. Tal vez no llegue hasta la rama donde está la bandera, porque es muy delgada y lo más probable es que se parta. Pero puede trepar hasta un punto intermedio. Si allí le alcanzan un palo largo, uno de esos que sostienen un plumero y se usan para limpiar los techos de las casas antiguas, podrá empujarla y desprenderla. El chico tiene, como mucho, diez años, pero se lo ve muy decidido. Es su madre la que, más decidida todavía, le prohíbe trepar. Le dice que lo único que falta es que se caiga y se rompa un hueso y tengan que salir corriendo al hospital. El chico encuentra tremendista el argumento de la madre. Discuten, y mientras discuten, vuela un piedrazo. Luego otro y luego otro. Es otro chico el que tira las piedras, algo mayor que el que quería treparse al árbol. Tira piedras hacia arriba: confía en su puntería, dice que le va a dar de lleno a la bandera y la va a hacer caer. La madre lo reprende. Veo que se trata de la misma mujer que antes retó al chico que quería treparse al árbol: son hermanos. El chico dice: "Dos tiritos y la bajo". La madre lo sujeta de un brazo: "No se le tiran piedras a la bandera". El chico dice que no hay otra manera de rescatarla, que si no hacen como él dice no la van a poder sacar de ahí. "No importa", dice la madre. "No se le tiran piedras a la bandera."

V

Toco el timbre.

El doctor Mesiano sabe que vengo a verlo. La chica que limpia en su casa le avisó.

Sale a recibirme. No ha pasado tanto tiempo como para pensar en grandes cambios: no está más viejo, ni más canoso, ni más hundido, ni más calvo. Y sin embargo, en cierto modo, me sorprendo por encontrarlo tan igual.

Nos damos un fuerte abrazo. Un abrazo firme, de esos que duran.

Sin soltarme, el doctor me dice: "No hay que llorar. A los héroes no se los llora".

Seis

I

El cuñado del doctor Mesiano, que se llama Alberto, se ocupa de hacer el asado. Mientras ordena en la parrilla las achuras y los costillares, explica cuál es su técnica para lograr un fuego pronto y parejo, sin usar carbón en demasía. El cuñado del doctor Mesiano se limpia las manos con un trapo rejilla húmedo. Fuma Parisiennes. En un borde del muro desparejo, pende un cigarrillo encendido. Poco a poco se va convirtiendo en ceniza, y esa ceniza tiene el mismo color que la que se junta por debajo de la carne.

II

El pasto del jardín amarillea, por culpa del invierno. La escarcha de la madrugada lo endurece y lo reseca. "Mientras no se pele y quede la tierra a la vista, no pasa nada", opina el doctor Mesiano. Dice que si se pela hay que volver a plantar. Si solamente se seca, en cambio, hay que esperar hasta la primavera, y sin precisar nada más, va a volver a estar en condiciones.

III

La hermana del doctor Mesiano, que se llama Ángela, se ocupa del vermouth. Es cuidadosa, casi delicada: corta con primor las rodajas de limón, les hace un tajo, las coloca en los vasos de Cinzano. Trae una bandeja con platitos de queso, jamón en cubos, maníes, aceitunas. "Por suerte no hace frío", me dice al acercarse. "Sí", le digo, "por suerte hay sol".

IV

Cerca de la pared, crece un gomero. Sus hojas son grandes y gruesas; algunas han caído y se amontonan al pie. El árbol se extiende hasta pasar, con sus ramas más largas, el límite de la pared. "¿No se queja el vecino?", pregunta el doctor Mesiano. "Sí", contesta su cuñado. "A veces se queja."

V

La hermana del doctor Mesiano prepara un plato aparte. Pone un poco de cada cosa, hasta llenarlo. Me mira y me dice por lo bajo: "Es para mi cuñada".

Se encoge de hombros. La esposa del doctor Mesiano, que se llama Lidia, se ha quedado dentro de la casa. No importa que el aire del mediodía esté templado, casi tibio, como de primavera. Ella no quiso salir al jardín, o no quisieron que saliera. La hermana del doctor Mesiano va a llevarle algo de comer. "Mejor esto que la carne", me dice por lo bajo, "que hay que dársela cortada en pedacitos".

VI

En la parte de atrás del jardín, hay espacio suficiente como para poner una pileta. "Una pileta chica, más que nada para que juegue el nene", sugiere el doctor Mesiano. Dice su cuñado que, si es por eso, pueden comprar una pileta de lona y listo. "Una pileta como la gente", insiste el doctor Mesiano, "no debe ser tan costosa".

El cuñado del doctor Mesiano se dedica al negocio de la importación. Tiene que viajar mucho y pasa mucho tiempo fuera de su casa, pero le va bien.

VII

La hermana del doctor Mesiano vuelve trayendo algo de hielo. "Por si alguien quiere", dice, y deja la hielera de vidrio sobre la mesa. Al lado, deja la pinza de metal.

El doctor Mesiano calcula que, a más tardar, en quince minutos va a estar listo el asado. Ángela, su hermana, se me acerca y me dice por lo bajo: "En verano tenemos sol durante toda la tarde". Señala a un costado y agrega: "Yo tomo sol desnuda, en esa parte que ves ahí".

VIII

Lo principal del terreno es el declive. La tierra tiene, en estos casos, una capacidad de absorción limitada. Si llueve con alguna constancia, terminan por formarse charcos; a menos que el agua corra gracias al declive del terreno, después se encauce por una canaleta, y por fin se escurra en una rejilla de buenas dimensiones. Es importante mantener limpia esa rejilla, quitándole las hojas que puedan caerle encima y taparla.

IX

"¿Qué hace el nene?", pregunta Alberto. Alberto es el nombre del cuñado del doctor Mesiano. Su mujer, que se llama Ángela, responde: "¿Qué va a hacer? Mira televisión". "Decile que venga", dice el marido. Pero ella, que ya está recostada en una silla y tiene un vaso en la mano, no quiere volver a levantarse para entrar en la casa. Desde el jardín, y sin moverse, levanta la voz. "¡Antonio!", llama. Espera un poco y vuelve a llamar, esta vez casi con un grito: "¡Antonio!". Un chico de pelo castaño, que se llama Guillermo, se asoma y pregunta qué pasa. "Pasa que en seguida comemos", le dice la hermana del doctor Mesiano. "Apagá esa tele de una vez, y vení." El chico dice: "Pero está la tía". La mujer insiste: "Apagá esa tele de una vez, y vení".

El doctor Mesiano comenta que, según algunas estadísticas, el promedio de horas que un niño pasa por día frente al televisor ha subido de cuatro horas diarias a seis horas diarias. "Todo por culpa de la televisión en color", sugiero yo. "Exactamente", dice el doctor Mesiano. "Así va el mundo."

Cuatro

I

Cuando al chico, al que llaman Antonio, se le pregunta cuántos años tiene, él dobla con fuerza el pulgar hacia adentro, y muestra con orgullo, la mano en alto, los otros cuatro dedos extendidos.

El doctor Mesiano agrega: "Recién cumplidos".

II

Creo no exagerar si digo que, según mi impresión, al doctor Mesiano lo reconforta saber que estudio medicina. No diré que lo emociona, por no ser injusto con su semblante siempre sobrio, pero sí que lo reconforta. Es una manera de confirmar que aquel sentimiento de afinidad que había en otro tiempo sigue existiendo, y que por lo tanto no era ilusorio ni meramente circunstancial.

179

III

Tampoco este chico tiene paciencia para estarse quieto en la mesa, para comer hasta terminar con todo o para esperar sentado hasta que terminen los demás. Es en eso igual a todos los otros chicos de su edad. Se aburre con los mayores y pronto se quiere ir a jugar. No lo dejan, y entonces se enoja.

IV

Algunos viejos médicos, que son casi celebridades, han sido profesores del doctor Mesiano bastante tiempo atrás, y ahora son profesores míos. Naturalmente, las comparaciones y las anécdotas no tardan en dominar la conversación. Por un momento, puede parecer que hablamos, el doctor Mesiano y yo, con la compinchería festiva de los que son compañeros, y no siendo, como somos, él un profesional de trayectoria y yo apenas un estudiante que ignora mucho más que lo que sabe. El aire familiar del encuentro y la satisfacción de volver a vernos después de varios años explican sin duda ese tono de camaradería, excesivo para mí.

V

"Antonio", le dicen, "quedate quieto". "Antonio", le dicen. El chico tiene que arrodillarse en la si-

180

lla para estar a la altura de la mesa. Si se sienta, casi no se lo ve. De repente, da un salto (los pies, obviamente, no le llegan al suelo) y se baja de la silla. El cuñado del doctor Mesiano lo llama al orden y le pregunta adónde va. El chico dice que no tiene más hambre y que se quiere ir a jugar. El cuñado del doctor Mesiano, de mala gana, le da permiso. Su mujer le dice que no vaya a transpirar. El chico sale corriendo. "Ya escuchaste a tu madre", le dice el cuñado del doctor Mesiano, señalando a su esposa. Su esposa es Ángela. Ángela me mira y me guiña un ojo.

VI

El viejo Ford Falcon todavía sigue andando. "Ese coche es un fierro", digo yo. "Sí", dice el doctor Mesiano, "nunca se rompe, nunca se para". Ninguno de los nuevos aguanta lo que el Falcon. Pero dice el doctor Mesiano que nadie ha vuelto a manejarlo como lo manejaba yo. Nos acordamos de los primeros tiempos, cuando a mí me costaba encontrar de primer intento la palanca de cambios. A pesar de la situación imperante, nos permitimos un poco de risas.

VII

El chico juega con una pelota azul y blanca. La levanta con las dos manos y después la tira al suelo.

Vuelve a levantarla y vuelve a tirarla una y otra vez, sin cansarse. El cuñado del doctor Mesiano quiere que el chico juegue con los pies, no con las manos. "Con los pies, Antonio. Con las manos juegan las nenas."

VIII

Tomamos un café y empieza a refrescar. Pido permiso para pasar al baño un minuto. Hay un baño en la planta baja: justo detrás de la escalera, a la izquierda de los sillones. Es así que entro en la casa. Al entrar me encuentro con la esposa del doctor Mesiano. Ella no me ve. Está sentada en una silla de ruedas, los brazos colgando a los costados, una mano apretando un pañuelo. Mira la pantalla del televisor apagado, como si estuviese prendido. Se balancea hacia adelante y hacia atrás, como rezando. Algo está diciendo o cantando en voz muy, muy baja. Pero no se le entiende lo que dice. Por un momento siento temor de que pueda darse vuelta y mirarme. Me da miedo de lo que pueda ser su mirada. Pero no se da vuelta, ni me mira. Se sigue balanceando y sigue con el devaneo de su canción incomprensible.

IX

Hay veneno para hormigas en el borde de un cantero. Es un polvo amarillo, de apariencia inocente. Cuando la pelota rebota y rueda y va a parar a ese sector, la hermana del doctor Mesiano interviene para que el chico no se acerque. Levanta la pelota y se fija que no haya tocado el polvo amarillo del cantero. Después de comprobar que no lo ha tocado, le devuelve la pelota al chico, y le dice que patee como pateaba Kempes contra los holandeses: fuerte y al gol.

X

El doctor Mesiano dice que, para él, ya está todo perdido. Su cuñado dice que de todas formas conviene no adelantarse a los hechos: que hay que esperar y ver qué pasa. "Puede ser", dice el doctor Mesiano. Pero agrega que, en su opinión, ya no hay nada que hacer, y que conviene ir acomodándose a la idea de que está todo perdido.

Seiscientos treinta

I

En la radio emplean la palabra milagro. Los analistas coinciden en juzgar a Brasil como el candidato por excelencia a obtener el campeonato. Consideran, por lo tanto, que las chances de que la Argentina pueda derrotarlo en el próximo partido son muy pocas, por no decir nulas.

II

Son casi las cuatro de la tarde cuando anuncio que me voy.

El sol de invierno declina, y ya no es hora de estar al aire libre. Ellos seguramente dejarán el jardín muy pronto y pasarán a una situación de mayor intimidad, que siento que ya no me corresponde.

Insisten en que me quede, lo cual me reconforta. Les digo que tengo que irme: que a las seis me espera un amigo en un bar del centro, y que antes tengo que pasar por mi casa. Me dicen que esperan volver a

184

verme pronto, en circunstancias menos ingratas que estas de hoy.

III

En la radio hablan los que son memoriosos, y recuerdan que es la tercera vez consecutiva que no podemos vencer a Italia: primero empate en Alemania, después derrota en la Argentina, ahora derrota en España. No se explican que la Argentina, teniendo mejores hombres y mejor juego, no logre ganar.

IV

"Antonio", llaman al chico. Le dicen que se acerque a saludarme. Es evidente que el chico no quiere acercarse ni quiere saludarme. Sigue jugando con su pelota azul y blanca y hace de cuenta que no escucha nada de lo que le están diciendo. "Antonio", le dicen, "Antonio". El chico no quiere venir. Sigue jugando con su pelota azul y blanca: la levanta y la tira y la vuelve a levantar, como si no lo estuviesen llamando a él.

V

En la radio hablan los analistas. Opinan que lo importante, incluso perdiendo, es ser fieles a una historia y a una tradición de juego. Que el estilo argentino es lo que importa, más allá de las derrotas contingentes.

VI

El doctor Mesiano me agradece que haya venido a verlo. Dice que el dolor es pasajero y que el orgullo perdura, y que mi visita lo ha ayudado a encontrar esa verdad. Me pide que no dejemos pasar otra vez tanto tiempo sin reunirnos. Le prometo que voy a visitarlo de nuevo muy pronto. Le doy un abrazo. Le digo que también a mí me reconforta verlo, porque en la vida son pocas las oportunidades que tenemos de encontrarnos con alguien que sabe lo que quiere y sabe adónde va.

El doctor Mesiano me dice que ahora se avecinan tiempos difíciles. Le digo que cuente conmigo para todo. Nos damos otro abrazo. Siento ese abrazo todavía en los hombros, cuando me voy.

VII

En la radio comentan que Italia practica un juego mezquino y opaco, con el que no podrá llegar mucho más lejos en el campeonato. Los argentinos tenemos que saber que merecíamos otra suerte, y que sólo una confabulación inopinada de hechos adversos pudo sorprendernos con esta nueva frustración.

VIII

Es la hermana del doctor Mesiano la que me acompaña hasta la puerta. Me cuenta que el marido viaja mucho. Y me cuenta que, si bien al chico se lo nota todavía un poco rebelde, va mejorando su conducta día a día desde que pasa las tardes en el jardín de infantes.

En el umbral de su casa me dice: "Volvé cuando quieras".

IX

Subo al coche y enciendo la radio. No sé por qué está puesta en una estación de música clásica. Cambio el dial y busco Rivadavia. Supongo que se estarán ocupando de todo lo que pasó ayer, y no me equivoco. Ahora habla un periodista que está en España. Dice que en la atmósfera de la concentración argentina se nota que hay preocupación, pero no desesperanza. Dice que nadie quiere resignarse a la derrota y que ésa es la tesitura general. El mensaje que tiene para dar, a la distancia, a los argentinos, es que ahora estemos más unidos que nunca.

No es cierto que tenga una cita con un amigo en un bar del centro. Vuelvo a mi casa y me quedo solo, sin salir. Me quedo pensando y recordando; ni siquiera siento ganas de prender la televisión.

A la noche, como algo liviano: unas sobras de la cena de ayer, que tan sólo tengo que recalentar. Después me acuesto.

El sueño tarda en llegar. Cuando por fin me duermo, sueño con aquella puta del tic nervioso en la boca. Por supuesto que ya no me acuerdo de cómo era su cara: sueño con una mujer de rostro difuso, una mujer indefinida; pero en el sueño yo sé que se trata de ella, y en ese rostro difuso existe el tic. Pasaron cuatro años en el sueño, igual que en la realidad. A pesar de eso, ella se acuerda de mí. Se acuerda bien, y me lo dice. Se echa desnuda en una cama ilimitada, y sin esperar a que yo esté encima de ella, jadea y exclama: "Matame, soldadito, matame".

Últimamente no consigo recordar los sueños que tengo. Cuando me despierto, todo se borra. Pero este sueño sí he podido recordarlo. A veces incluso lo repaso, estando despierto. Y a veces presiento que voy a volver a soñarlo, que llega la noche y me espera, como si se tratara de una mujer real con la que voy a encontrarme de tanto en tanto.

Índice

DIEZ DEL SEIS

TREINTA DEL SEIS (EPÍLOGO)

Índice